인생이란,
가만히 스스로를 안아 주는 것

장경동의 행복한 인생을 위한 힐링 에세이

장경동 지음 | 홍전실 그림

아라크네

들어가는 말

행복한 인생은 삶에 대한 예의

공부를 잘해 원하는 대학에 가는 것

대기업에 입사하거나 사업이 잘되는 것

좋은 남편이나 아내를 만나 건강한 아이를 낳는 것

경제적으로 여유로운 노후를 보내는 것

아마 이것이 사람들이 보편적으로 생각하는 행복한 인생일 것입니다. 하지만 주위를 둘러보면 위에서 나열한 것들을 모두 누리고 있는 사람들은 극히 적은 것 같습니다.

그렇다면 이런 인생을 살지 못하는 사람은 불행할까요? 당연히 아니지요. 인생의 기준을 어디에 두느냐에 따라 행복과 불행은 얼마든지 달라질 수 있기 때문입니다.

아이가 구김살 없이 잘 자라는 것

아픈 친구가 점점 회복되는 것

가족이 한자리에 모여 따뜻한 밥 한 끼를 먹는 것

이것 또한 행복입니다.

어떤 사람들은 "그건 당연한 거 아니냐?"고 반문할 수도 있습니다. 하지만 당연하게 누리는 지금의 삶이 누군가에게는 그토록 간절히 원하는 삶일 수도 있습니다.

지극히 작은 것, 평범하고 당연한 것들에 대해 감사할 때 비로소 행복이 찾아옵니다. 이 책의 내용들 또한 평범한 일상 속에서 행복한 인생을 사는 방법을 알려 주고 있습니다.

오늘 하루를, 그리고 인생을 행복하게 살아야 하는 것은 삶에 대한 예의입니다.

부디 이 책을 통해 행복한 인생을 살고자 하는 많은 이들이 힘을 얻기를 바라봅니다.

2015년 10월

장경동

차례

걸을 수만 있다면 더 큰 복은 바라지 않겠어요. 들을 수만 있다면 더 큰 복은 바라지 않겠어
요. 서 있을 수만 있다면 더 큰 복은 바라지 않겠어요. 볼 수만 있다면 더 큰 복은 바라지 않
겠어요. 말할 수만 있다면 더 큰 복은 바라지 않겠어요.

1

걸을 수만 있다면,
　　　　들을 수만 있다면

행복의
기준

모처럼 집에서 휴식을 취하고 있었습니다. 텔레비전 리모컨을 손에 쥔 채 여기저기 채널을 돌리고 있었는데, 마침 한 채널에서 제가 좋아하는 일본 드라마를 하더군요. 잠깐만 보고자 했던 저는 그 드라마를 끝까지 봤습니다. 그리고 마지막에는 민망하게도 제 눈에 눈물이 그렁그렁 맺혀 있었습니다. 제 눈을 적셨던 드라마의 내용은 대강 이러합니다.

'미코'는 16살의 어린 나이에 연골육종이라는 희귀병에 걸렸습니다. 연골육종은 연골에서 발병하는 악성종양으로, 나중에는 종양이 점점 커지면서 온몸에 아주 큰 고통을 수반하는 무시무시한 병입니다. 하지만 구김살이 없는 미코는 힘겨운 투병 생활 가운데에서도 '막호'라는 남자 친구를 만나 사랑에 빠졌습니다. 두 사람은 무려 400여 통에 이르는 편지를 주고받았습니다. 하지만 그녀의 병이 점차 진행되면서 시신경을 압박해 얼굴의 반을 도려낼 수밖에 없었습니다. 미코는 자신의 죽음을 직감하게 됩니다. 그래서 그녀는 마지막으로 막호에게 '3일만 건강할 수 있다면……'으로 시작하는 편지를 씁니다.

3일만 건강할 수 있다면 우선 나는 고향에 내려가고 싶어. 그곳에서 일단 할아버지께 안마를 시원하게 해 드릴 거야. 또 엄마와는 함께 음식을 만들면서 수다를 떨 거야. 물론 술을 좋아하시는 아빠께는 정종을 한잔 대접해 드려야지. 그리고 나서 가족들과 함께 오붓하게 식사를 할 거야.

다음 날이 되면, 나는 너에게로 달려갈 거야. 네 방을 깨끗하게 청소해 주고, 와이셔츠를 잘 다려 주고, 음식을 만들어 주고, 같이 식사를 할 거야. 그리고 헤어질 때 가벼운 키스를 해 달라고 말할 거야.

그리고 마지막 날, 아름다운 추억을 만들 수 있도록 3일 동안 건강하게 버텨 줘서 고맙다고 나 자신에게 인사한 후 깊은 잠에 빠져들 거야.

그리고 미코는 21살의 짧은 생을 마감합니다.
그녀가 마지막으로 간절히 하고 싶었던 것은 정말 평범합니다. 사랑하는 사람들과 함께 식사를 하면서 즐거운 시간을 보내는 것이었습니다. 내가 평범하게 누리는 지금의 삶이 누군가에게는 그토록 간절히 원하는 삶일 수도 있다는 얘기입니다. 미코가 단 3일간만 보내길 원했던 삶을 우리는 3일만이 아닌, 3개월을 넘어 30년을 보내고 있습니다.

그런데 우리는 이런 일상적 삶에 대한 고마움 없이 무심하게 시간을 흘려보내고 있지는 않나요? 행복하게 살아야 하는 것은 삶에 대한 예의입니다.

행복하려면 돈을 많이 버는 게 중요하다고 말하는 사람이 있습니다. 더 넓은 집과 더 비싼 자동차를 가질 수 있으니까요. 그래서 그는 오늘도 쉴 새 없이 일합니다.

또 어떤 사람은 사회적 지위가 높으면 행복이 따라온다고 생각합니다. 그래서 그것을 얻기 위해 숨 가쁘게 앞만 보면서 달음박질합니다. 높은 자리에 오르지 못하면 실패한 삶이라고 생각하는 거죠.

과연 이런 것들을 다 가지거나 이루고 나면 행복하고, 그러지 못하면 불행할까요?

결코 그렇지 않습니다. 사람에게는 태생적으로 '욕심'이 있습니다. '조금만 더, 조금만 더'를 외치는 것이 사람의 본성이에요. 1을 얻으면 2를 갖고 싶고, 2를 얻으면 3을 가지려고 하는 게 사람이라는 존재인 것입니다.

사람은 대부분 만족할 줄 모르는 존재입니다. 돈뿐만 아니라 사회적 지위, 권력 더 나아가서 이 세상을 다 가져도 만족할 줄 모릅니다.

혹시 행복의 기준을 너무 높게 잡고 사는 건 아닌가요? 행복한 삶을 이미 누리고 있음에도, 너무 많은 욕심 때문에 불행하다고 생각하며 사는 것은 아닌지 스스로에게 물어보세요.

돈을 조금 못 벌더라도, 사회적 지위가 조금 낮더라도 실망하지 마세요. 바쁘게 사는 것은 좋지만, 한 가지 목표만을 위해 지금 누려야할 소소한 행복을 버려둔 채 허겁지겁 살다 보면 인생의 마무리에서 후회만이 남을 것입니다.

두 명의 남편감이 있습니다.

첫 번째는 유능한 남자입니다. 하지만 그는 시간이 없어서 아내에게 다정다감하게 대해 주지 못하고, 집안일도 잘 돕지 못합니다. 처가에도 신경을 잘 써 주지 못합니다.

다른 한 명은 이와는 반대로 아내가 원하는 일이라면 다해 줍니다. 집 청소부터 설거지, 음식물 쓰레기 버리기까지 못하는 게 없습니다. 처가에도 매일 전화해 장인장모의 건강과 안부를 챙깁니다. 아이를 낳으면 육아에도 자신이 있답니다. 하지만 그는 그다지 능력이 없습니다.

둘 중에 한 명을 선택하라면 어떻게 하겠어요?

많은 여자들이 좀생이 같이 집안일을 잘 거들어 주는 남자보다는 나에게는 제대로 신경 써 주지 못하더라도 사회적으로 잘나가는 유능한 남자를 꼽습니다.

요즈음 같이 평생직장의 개념이 사라지고 삼팔선(삼십팔 세까지 직장에 다닐 수 있으면 그나마 다행), 사오정(사십오 세 정년)이라는 단어가 등장하는 시대에 이 선택은 어쩌면 당연할 수 있습니다.

그런데 문제는 유능한 남자를 선택한 여자들이 더 큰 욕심을 낸다는 데에 있습니다. 유능하면서도 나에게 잘해 주면 되지 않느냐고 하는 거죠. 그런데 한번 잘 생각해 보세요.

남보다 이른 나이에 승진이나 출세를 하려면 하루 24시간이 정말 바쁠 수밖에 없습니다. 회사에서도 일하고, 집에서도 일하고, 야근은 당연하고, 주말에도 일을 해야 인정받을 수 있기 때문입니다. 아내나 자녀와는 이야기를 나눌 시간이 없습니다. 이런 것들을 포기하기 때문에 유능한 남자가 되는 것입니다.

욕심을 내려놓으세요. 지금 누리고 있는 것에 대해 감사한 마음으로 살아 보세요. 그리고 남편이 돈을 많이 벌지 못하더라도, 아내가 살림을 잘하지 못하더라도, 자녀가 공부를 잘하지 못하더라도, 내 옆에 있다는 것만으로도 즐거워하세요. 어느덧 가슴이 따뜻해지는 행복함으로 마음이 꽉 차 있을 것입니다.

가만히 스스로를
안아 주는 말

걸을 수만 있다면 더 큰 복은 바라지 않겠어요. 들을 수만 있다면 더 큰 복은 바라지 않겠어요. 서 있을 수만 있다면 더 큰 복은 바라지 않겠어요. 볼 수만 있다면 더 큰 복은 바라지 않겠어요. 말할 수만 있다면 더 큰 복은 바라지 않겠어요.
이것이 누군가의 가장 큰 소원일 수 있습니다. 누군가가 간절히 바라는 소원이 놀랍게도 나에게는 일상인 것이지요. 부자가 아니어도, 얼굴이 예쁘지 않아도, 머리가 좋지 못해도 하루하루 자신의 삶에 감사하며 살면 그것이 곧 행복입니다.

세 번째 닭이
주는 지혜

양계장을 운영하는 사람이 있었습니다. 그는 자신의 병아리들을 정성스럽게 키웠습니다. 매일 같이 닭장을 청소해 주고, 닭이 편안하게 지낼 수 있도록 클래식 음악도 틀어 주었습니다.

어느덧 병아리들이 자라 닭이 되었습니다. 그 숫자가 자그마치 3,000마리나 되었습니다. 양계업자는 세 마리를 남겨 두고 모두 팔았습니다. 혹시나 손님이 찾아오면 그 닭들로 대접하기 위해서였습니다.

어느 날, 양계업자에게 손님이 찾아왔습니다. 순간 주인은 어느 놈을 잡아야 할지 고민을 했습니다. 그러고는 닭들에게 이런 제안을 하였습니다.

"내가 너희 세 놈에게 퀴즈를 낼 텐데, 그중에서 문제를 못 푸는 녀석을 잡아 손님상에 올릴 거야. 이의 있냐?"

이 말을 들은 세 마리의 닭들은 날갯죽지를 푸드덕거리면서 모두 "없습니다"라고 대답했습니다.

그는 첫 번째 닭에게 문제를 냈습니다.

"2 곱하기 5는 얼마냐?"

첫 번째 닭은 고개를 한번 갸우뚱하더니 이내 "10"이라고 대답했습니다.

주인은 "맞았다" 하면서, 두 번째 닭에게도 문제를 냈습니다.

"2 곱하기 7은 얼마냐?"

두 번째 닭도 고개를 갸우뚱하더니 "14"라고 대답했습니다. 드디어 세 번째 닭의 차례가 왔습니다.

"잘 들어라. 350 곱하기 27 나누기 3은 얼마냐?"

세 번째 닭도 고개를 한 번 갸우뚱했습니다. 그러고는 또다시 고개를 갸우뚱했습니다. 그러더니 이렇게 말했습니다.

"물 끓여라, 이 자식아!"

억울하다는 세 번째 닭의 마지막 항변이었습니다. 첫 번째 닭에게 2 곱하기 5, 두 번째 닭에게 2 곱하기 7이라는 문제를 냈으면, 자기한테는 2 곱하기 8이나 2 곱하기 9를 내야지, 말도 안 되는 350 곱하기 27 나누기 3을 내느냐는 것이었습니다.

만약 닭이 살려 달라고 애걸복걸했다면 주인은 세 번째 닭을 죽이

지 않았을까요? 아닐 겁니다. 주인 입장에서는 손님을 대접해 드리기 위해 어쨌든 그중에서 한 마리를 잡아야만 했으니까요.

인생을 살다 보면 그처럼 불합리한 상황과 맞닥뜨리기도 합니다. 잔잔한 물결처럼 좋은 환경에 놓일 때도 있지만 성난 파도처럼 좋지 않은 환경에 처할 때도 있는 겁니다. 그럴 때는 환경을 탓하지 말고 나 자신에게 집중해야 합니다. 환경은 내 소관이 아니라서, 어쩔 수 없는 경우가 많기 때문입니다.

세 번째 닭의 경우, 암산 실력이 뛰어났다면 그 문제를 풀었을 것이고 나는 연습을 많이 했다면 높은 나무로 올라가 그 자리를 피했을 겁니다. 왜 나에게 그런 문제를 내느냐고 주인을 탓해 봐야 자신의 처지는 변하지 않습니다.

직장에서 나를 괴롭히는 사람이 있습니까? 그것 때문에 머리 아파하고 고민하지 마세요. 그 사람 때문에 직장을 못 다니겠다는 생각도 하지 마세요. 어차피 그 사람은 당신이 어떤 말과 행동을 하든지 당신을 괴롭힐 테니까요. 다른 직장으로 옮겨도 어차피 그런 사람은 존재합니다. 그렇다면 가볍게 넘기세요. '포기'나 '단념'을 하라는 뜻이 아닙니다. 그 상황을 받아들이고 다른 방법을 찾으라는 것입니다.

당신은 모든 이들에게 공평하게 대합니까? 그렇지 않습니다. 괜히

싫은 사람도 있고, 가까이 다가서기에 껄끄러운 사람도 있을 것입니다. 이유 여하를 막론하고 내가 남을 편애한 적이 있듯이, 나 또한 남에게 편애받을 수 있는 것입니다. 그걸 인정해야 합니다.

어떤 것은 억울한 부분도 있을 수 있습니다. 그것 때문에 계속해서 속상하다고 끙끙대지 말고, 마음속으로 '물 끓여라, 이 자식아!'라고 외쳐 보세요. 그렇게 무시하고 살아간다면 내 속에 있는 억울함과 답답함을 스스로 넘길 수 있는 여유가 생깁니다.

스트레스는 만병의 근원이라고 합니다. 해결할 수 없는 문제를 마음에 담아 두면 더 큰 화를 당할 수도 있습니다. 그러지 않았으면 합니다. 그것이 세 번째 닭에게서 배울 수 있는 삶의 지혜입니다.

가만히 스스로를
안아 주는 말

"무슨 목사가 방송에 나와서 여자들하고 희희낙락거리냐?"
텔레비전에 처음 나왔을 때 사람들로부터 들었던 말입니다.
하지만 3년이 지나자 반응이 달라졌습니다.
"인생에 도움이 되는 이야기를 많이 해 주셔서 좋아요."
순간순간에 일희일비할 필요가 없습니다. 세월이 약이니까요.

명품 인생은 스스로
만들어 가는 것

'몽블랑'이라는 만년필에 대해 잘 아실 겁니다. 독일의 명품 브랜드로, 우리나라 사람들이 참 좋아하는 펜입니다. 컴퓨터 세대인 지금은 어떤지 모르지만, 80년대까지만 하더라도 몽블랑 만년필은 대학 입학선물 1순위였습니다.

이 몽블랑 만년필의 가격은 최소 30만 원에서부터 100만 원까지도 합니다. 물론 몽블랑 만년필과 유사한 모조품은 얼마든지 있습니다. 그 가격은 1~2만 원에 불과합니다.

한 지인이 저에게 와이셔츠를 선물해 주셨습니다. 가격이 2~3만 원 하는 평범한 와이셔츠였습니다. 그런데 그분께서 말씀하시길, 왼쪽 상단 부분에 소위 말하는 '명품' 로고를 박으면 그 가격이 7~8배가량 차이가 난다고 하시더군요. 본인이 두 제품을 모두 납품하기 때문에 잘 안다고 했습니다. 두 제품이 기능상의 차이는 전혀 없다고 합니다. 다만 로고가 붙어 있고 없고의 차이일 뿐이랍니다.

몽블랑 만년필과 명품 와이셔츠는 왜 일반 제품에 비해 비쌀까요? 바로 가치관이 다르기 때문입니다. 명품들은 '장인 정신'이라는 가치관을 가지고 있는 반면에, 일반 제품들은 많이 만들어서 싸게 팔고자 하는 '박리다매'의 가치관을 가지고 있습니다.

옛날에도 좋은 물건과 별로인 물건은 존재했습니다. 하지만 요즈음처럼 사람들이 명품에 집착했던 때는 거의 없었던 것 같습니다. 명품만의 독특한 매력에 끌리기 때문일 것입니다.

"난 이런 가방을 들어."

"이런 옷을 입어."

"이런 만년필을 사용해."

아는 부부를 만났는데, 부인이 명품 가방을 들고 있었습니다. 텔레비전으로만 보던 그 가방을 실제로 처음 본 저는 칭찬을 했습니다.

"정말 좋은 가방을 가지고 있네요."

이 말에 부인은 시큰둥하게 말했습니다.

"좋은 가방이죠. 그런데 이제는 안 들고 다니려고요."

그 이유가 궁금해서 물었습니다. 그러자 그 부인 왈.

"아까 보니까 다른 사람이 이 가방을 들고 있더라고요."

그렇습니다. 명품은 나만 가지고 있다는 자부심 내지는 만족감을 드러내는 묘한 물건입니다. 다른 사람이 들고 있는 걸 보니 기분이 안 좋았던 거지요.

'나 같은 사람은 차라리 없는 게 낫지'라는 잘못된 가치관을 가진 사람들이 있습니다. 이런 가치관을 가지면 자살에 이르기가 쉬워집니다. 우리나라의 경우 하루에 43명이나 되는 생명이 스스로 목숨을 끊습니다. '세계 1위의 자살률을 가진 나라'라는 불명예가 붙어 있습니다.

같은 만년필이라도 만드는 사람의 가치관에 따라 품질과 가격이 달라지듯, 어떤 가치관을 가지고 사느냐에 따라 자신에 대한 가치도 달라집니다.

"가치관을 바꾸면 내 가치가 달라진다고요?"

이렇게 반문하는 사람도 있을 것입니다.

하지만 정말입니다. 일단 생각을 바꾸면 가치관이 달라집니다. 그리고 가치관이 달라지면 인생이 달라집니다. 오늘은 생각으로만 달라졌지만, 내일은 실제로 삶이 달라진다는 말입니다.

일단 생각부터 바꿔 보세요. 스스로 '가치 있는 존재'라는 생각을 가지고 살아가다 보면 언젠가는 진짜로 그런 가치 있는 인생을 살게 될 겁니다.

사람은 생각하고, 마음먹고, 말하고, 행동합니다. 결국 생각이 행동으로 나오는 것입니다. 생각은 두 가지가 있습니다. 하나는 유익하고 나를 살리고 힘이 나게 하는 긍정적인 것이고, 다른 하나는 나를 파괴하고 힘들게 하는 부정적인 것입니다. 그래서 사랑하는 마음으로 가득 찬 사람이 있고, 미워하는 마음으로 가득 찬 사람이 있습니다. 어떻게든 살아야겠다고 생각하는 사람이 있고, 더 이상 살 가치가 없어 죽어야겠다고 하는 사람이 있습니다.

물론 생각이 마음대로 통제되지 않을 때도 많습니다. 그래서 아무리 좋은 생각을 하려고 해도 오히려 안 좋은 생각이 들 때도 있습니다.

나훈아의 「갈무리」라는 노래를 보면 '내가 왜 이런지 몰라. 도대체 왜 이런지 몰라. (중략) 이러는 내가 정말 싫어. 이러는 내가 정말 미워'라는 구절이 있습니다. 여기에서 싫다는 '나'는 '진짜의 나'가 아닙니다. 그 '싫은 나'를 이겨 내야 합니다.

'정선 카지노에 가서 게임을 하고 싶다'는 생각이 들 때가 있을 것입니다. 머릿속으로는 '가면 안 되는데……' 하면서도 결국 몸이 가게 됩니다. '이번 주말에 고아원에 봉사하러 가야지'라는 생각이 들 때도 있습니다. 하지만 주말이 되면 안 갑니다. 이런 행동 자체는 어찌 보면 당연한 것입니다. 사람이라는 존재 자체가 긍정적인 것보다 부정적인 것에서 재미를 느끼기 때문입니다.

그래서 생각을 다듬는 것이 중요합니다. 생각은 반드시 행동으로 나오기 때문입니다. 좋은 생각은 좋은 마음, 좋은 말, 좋은 행동으로 나타납니다. 평소에 좋은 생각, 좋은 가치관으로 살다 보면 점차 그 기운이 강해질 것입니다. 그래야 가짜의 나가 아닌 진짜의 나로 살 수 있습니다.

처음에 잘 안된다고 포기하지 마세요. 조금씩 조금씩 노력하다 보면 언젠가 좋은 가치관을 가진 사람으로 변하게 됩니다. 그리고 나중에는 그것이 다른 사람에게 전달이 되기도 할 것입니다.

가만히 스스로를
안아 주는 말

길거리를 가다 보면 명품으로 온몸을 휘감은 사람들을 종종 보게 됩니다. 그런 사람들을 보면 '얼마나 마음이 허하면 물건을 통해서 자기 자신을 과시하려는 걸까?' 하는 생각이 들기도 합니다.
물론 돈이 있다면 아름다움을 표현하기 위해 나 자신을 가꾸는 것도 괜찮습니다. 하지만 남의 주목을 받기 위해 자신의 외형을 꾸미는 것에만 몰두하는 것은 허영입니다.
명품 인생은 사서 쓰는 게 아니라, 스스로 만들어 가는 것입니다.

인생은
습관의 산물

흔히 동물은 본능으로 살고, 사람은 이성으로 산다고 말합니다. 과연 이 말이 맞을까요?

이성은 옳고 그름을 판단하는 능력입니다. 그런데 사람이 옳고 그름을 판단할 줄 안다고 해서 반드시 옳은 것만을 선택하면서 사는 것은 아닙니다. 이성적으로 올바르게 판단해 놓고도 그대로 못 살 때가 많은 것이 사람입니다.

'담배는 건강에 해로워. 그래도 피워야지!' 하면서 담배를 피우는 사람은 없습니다. '이 나쁜 담배, 이번에는 끊여야지' 하면서 피우는 게 사람입니다. 술을 많이 먹어 속이 쓰린 경우에 "술 한번 잘 먹었다"고 으쓱거리는 사람이 있나요? 대부분 '이젠 정말 술은 입에도 안 댈 거야'라고 생각하지만 다음 날 또 술을 마시고는 "어이쿠, 이번에도 또 먹었네' 하면서 후회하는 것이 사람입니다.

그렇다면 사람의 삶에 있어서 이성보다 더 강력하게 작용하는 것은 무엇일까요? 그건 바로 '습관'입니다. 이성적으로 판단한 대로 사는 게 아니라 어떤 습관을 가지고 있느냐에 따라 그대로 행동하는 사람들이 대부분이라는 것입니다.

서로 이야기를 나누다가 갑자기 욱하고 화내는 사람이 있죠? 지금 화내야겠다고 이성적으로 판단해서 화를 내는 게 아니라, 자신도 모르게 불현듯 나오는 것입니다. '욱하는' 습관이 몸에 배었기 때문입니다.

우리가 세상을 살다 보면 때로는 이성적인 판단을 할 수 없는 상황에 맞닥뜨리게 될 때도 있습니다. 그렇더라도 좋은 습관이 몸에 밴 사람은 그 상황을 좋게 극복할 수 있습니다. 그런 상황이 쌓이고 쌓이면 바로 자신의 삶이 됩니다. 결국 인생은 이성의 산물이 아니라 습관의 산물이라는 것입니다.

내 습관은 자식에게도 영향을 미칩니다. 책 읽는 자녀를 원하세요? 책 읽는 습관을 가진 엄마 아빠가 있으면 자식은 저절로 책을 읽게 될 것입니다. 또한 스마트폰에 빠진 엄마 아빠가 있다면 자식 또한 책 읽기에 대한 흥미가 떨어질 수 있습니다.

좋은 자식에게는 좋은 습관을 지닌 부모가 있습니다. 특히 엄마의 공간이 큽니다. 혹시 주변에 좋지 않은 자식이 있다면 엄마에게 문제가 있는 건 아닐까 의심해 봐야 합니다.

어느 날, 한 엄마와 식사를 하게 되었습니다. 이런저런 이야기를 나누는 중에 아들에 관한 걱정을 하더라고요.

"제 아들이 공부를 너무 안 해서 걱정이에요."

그래서 제가 엄마에게 물어봤습니다.

"어머님은 공부 잘하셨나요?"

그러자 갑자기 엄마가 웃음을 터뜨렸습니다.

"아니에요. 저도 공부 안 했어요."

"본인도 열심히 안 한 것을 아이한테 강요하나요? 아이가 공부를 잘하길 원한다면 일단 어머니부터 공부하는 습관과 자세를 보여 주세요."

먼저 좋은 엄마, 공부하는 엄마가 되세요. 좋은 엄마 밑에 좋은 자식이 나올 것이고, 설령 그 자식이 잠깐 방황하더라도 언젠가는 좋은 자식으로 되돌아올 것입니다.

아버지도 마찬가지입니다.

아버지가 거실에서 TV를 보고 있었습니다. 그때 아들이 밖에서 들어왔는데, 몸에서 담배 냄새가 나는 것 같았습니다. 그래서 아버지가 물었습니다.

"너, 담배 피우냐?"

아들이 기어들어가는 목소리로 대답했습니다.

"네……."

아버지는 아들을 바라보며 말했습니다.

"아빠가 이 담배를 30년 동안 피웠지만 정말 건강에 안 좋더라. 담배 끊어라."

이 말을 들은 아들이 어떤 반응을 보일까요?

앞에서는 "예"라고 대답할지 모르지만, 뒤돌아서면 아버지의 말을 무시할 것입니다.

아버지도 30년 동안 끊지 못한 것을 혈기왕성한 아들이 한순간에 끊을 수 있을까요?

"아들아, 아빠 담배 끊었다. 너도 끊어라."

이렇게 말하는 것이 훨씬 더 아들에게 효과적이지 않을까요?

아버지의 의지와 결단을 보일 때, 그것이 아들에게는 남다른 교훈이 되지 않을까요?

자녀는 말로 배우지 않습니다. 행동을 보고 배우는 것입니다. 그래서 부모가 먼저 해야 할 것은 꼭 해야 하고, 하지 말아야 할 것은 안 해야 합니다.

시험 전날 밤, 학생이 공부를 해야 하는데 게임에 빠져서 시간 가

는 줄 모릅니다. 마음속으로는 '그만 해야지' 하면서도 밤을 새워서 게임을 하는 경우가 있습니다. 전업주부들 또한 살림을 하고 아이들을 챙겨야 하는데, 만날 밖으로 나가 밤늦게까지 친구들과 어울려 노는 경우도 있습니다. 제대로 된 습관이 배어 있지 않기 때문입니다.

성공하는 사람들은 성공한 사람들의 이야기를 즐겨 보고 듣습니다. 실패하는 사람들은 안타깝게도 성공한 사람들의 이야기를 중요시하지 않습니다. 나와는 다른 딴 세상 사람의 이야기라고 생각하니까요. 성공하는 사람에게는 성공하는 습관이 형성되어 있습니다. 성공한 사람의 이야기를 즐겨 듣고 읽고 하는 습관을 들여야 성공할 수 있습니다.

공부를 잘하는 사람은 예습과 복습을 철저히 하는 습관이 몸에 배어 있고, 공부를 못하는 사람은 책을 베개 삼아 자는 습관이 배어 있습니다. 운동을 잘하는 사람은 혼자서라도 연습을 하는 습관이 배어 있고, 운동을 못하는 사람은 심심할 때마다 낮잠 자는 습관이 배어 있습니다.

오늘 한번 나의 습관을 체크해 보세요. 떼어 내야 할 습관이 있다면 떼어 버리고, 붙여야 할 습관이 있다면 갖다 붙이세요. 성공하는 인생으로 바뀌게 될 것입니다.

가만히 스스로를
안아 주는 말

'습관은 제2의 천성'이라는 말이 있습니다. 또 '남산골샌님은 망해도 걸음걸이는 바뀌지 않는다'는 속담도 있습니다. 습관을 바꾸기가 얼마나 어려운지 알려 주는 것이겠지요. 그렇지만 반대로 생각해 보면, 습관을 바꿀 수 있다면 내 삶을 바꿀 수 있다는 의미도 될 수 있습니다. 좋은 습관이 좋은 인생을 만듭니다.

후회 없는
삶

"인생을 되돌릴 수만 있다면 언제로 돌아가고 싶으세요?"

지인의 질문이었습니다. 저는 "돌아가지 않을 거예요"라고 단호하게 대답했습니다.

저라고 왜 돌아가고 싶은 시절이 없겠습니까? 과거로 돌아가서 "그때 이렇게 했더라면 좋았을 텐데……" 하는 순간도 당연히 있지요. 하지만 지나간 과거로 되돌아가는 것이 현실에서는 불가능하잖아요.

30년 동안 부부로 살았는데, "저 사람을 안 만났더라면……'이라고 가정하는 게 말이 안 되지 않습니까?

"그때 그걸 안 했더라면……."

"그때 거길 안 갔더라면……."

사람들은 힘든 시기가 오면 "그때 이렇게 했더라면……"이라는 과거에 대한 가정을 하면서 후회를 하곤 합니다. 사소한 것을 후회하는 경우도 있지만 이런 후회도 있습니다.

"인생을 다시 한 번만 살 수 있다면……."

지나온 인생 전체를 후회하는 것입니다.

삶의 마지막 때가 가까워 올수록 사람들은 지나온 삶에 대해 후회를 하는 경우가 많다고 합니다. 그런데 자신이 해 본 것을 후회하는 경우는 별로 없고, 안 해 본 것을 후회하는 경우가 많답니다. "괜히했어"보다는 "해 볼 걸"이라는 후회가 많다는 뜻이지요. 지금부터라도 마음속에 하고 싶은 것이 있다면 해 보세요. 후회가 줄어들 것입니다.

「수상한 그녀」라는 영화를 본 적이 있습니다.

70대의 할머니는 젊어서 남편을 잃고 산전수전을 겪으며 아들을 키웁니다. 식당을 운영하며 점점 욕이 늘어갔지요. 마침내 아들을 대학교수로 만듭니다. 하지만 그녀는 그만 죽을병에 걸립니다. 아들 뒷바리지만 하다가 늙어 버린 인생에 대해 한탄을 합니다. 그러다가 우연히 들어간 사진관에서 사진을 찍고 20대의 젊은 시절로 돌아갑니다. 이제는 아들의 인생이 아닌 자신이 하고 싶었던 노래를 부르며 인생을 즐긴다는 내용입니다.

후회 없는 인생을 살려면 이제부터라도 남이 아닌 '나'에 집중해서 살아보세요. 내가 보는 '나'가 본질이고, 남들이 보는 '나'는 현상일 뿐입니다. 현상에 치중해서 살다 보면 본질을 잊어버려서, 다른 사람으로부터 좋은 평가를 받을 순 있지만 스스로 느끼는 만족감은 없을 것입니다.

불가능한 가정을 하면서 다시 돌아가고 싶은 인생을 살지는 말아야 합니다. 불가능한 가정은 부정적일 수밖에 없습니다. 지나온 삶이 보람과 자부심으로 가득 차야 합니다. '내가 과거로 돌아간다면 이렇게 살 텐데……' 하면서 삶을 후회하지 말고, 오늘부터라도 후회 없이 살아 보자는 것입니다. 삶이란 그래서 책임감이 중요합니다. 제대한 지 30년이 지났는데도, 아직까지 군대 얘기를 하는 사람은 처량할 뿐입니다.

현실에서 할 이야기가 없다면 미래를 이야기하세요. 앞으로 어떻게 하겠다는 가정은 얼마든지 해도 괜찮습니다.

"앞으로 훌륭한 정치가가 되어 우리나라를 초일류국가로 만들겠다."

"앞으로 유튜브, 구글 같은 세계적인 IT 기업을 만들겠다."

지금의 상황은 상관없습니다. 일단 가능성은 있잖아요.

지나온 과거의 삶은 반성으로 충분합니다. 지금부터 살아가는 삶을 후회하게 되는 것이 더 큰 문제입니다. 과거의 삶은 후회로 가득 찬 삶이지만 후회 없는 미래가 펼쳐진다면 그것처럼 좋은 것이 있을까요? 다시 과거로 돌아가고 싶다는 생각으로 살지 말고, 앞으로 후회 없는 삶을 살 거라는 결심을 하는 것이 중요합니다.

그래서 삶의 마지막에 스스로 '나는 괜찮은 사람이었다'라고 평가하고, 남들도 '괜찮은 사람이었다'는 평가를 받는 인생을 살아야 합니다.

사람들은 '설마'라는 가정을 많이 합니다.

"설마 내 사업이 망하겠어?"

"설마 내가 암에 걸리겠어?"

"설마 신랑이 바람나겠어?"

"설마 우리 아이들이 잘못되기라도 하겠어?"

"설마 그 사람이 내 돈 떼어 먹고 도망가겠어?"

'설마'는 쉽게 일어나는 일이 아닙니다. 흔히 일어나는 일은 '당연히'라고 합니다. 즉 '설마'는 이루어질 확률이 없어서 그렇게 될 리 없다는 말이고, '당연히'는 그렇게 이루어진다는 말입니다.

하지만 '설마'가 전혀 일어나지 않는다는 보장은 없습니다.

담배를 피우는 사람에게 "그렇게 담배를 계속 피우면 폐암 걸린대"라고 말하면 이렇게 대꾸하는 경우가 있습니다.

"설마 내가 그렇게 되겠나?"

그런데 담배를 피워서 폐암에 걸리는 경우가 많잖아요.

의사들은 "하루아침에 생기는 병은 절대 없다"고 말합니다. 몇 년 전부터나 적어도 몇 개월 전부터는 몸이 아프다고 고통을 호소하는데, 본인이 그 소리를 안 듣다가 결국 병에 걸리게 된다는 것입니다. "설마 괜찮겠지" 하며 방치하다가 그렇게 되는 것입니다.

흔히 "설마가 사람을 잡는다"고 말합니다. 그렇다면 설마에게 잡히지 않도록 방비를 세워야 합니다.

요즈음 제가 살을 빼고 있습니다.

한 끼는 충분히 잘 먹지만 나머지 한두 끼는 오로지 선식과 과일 채소만 먹습니다. 저는 설교와 강연을 많이 하고 있어서 체력 소모가 큽니다. 맛있는 고기를 먹어 단백질을 보충해 주지 않으니까 처음에는 엄청 괴로웠습니다.

그런데 몸이 뚱뚱해서 생길 수 있는 각종 성인병으로 인한 고통과 몸이 날씬해져 가는 가운데 약간의 배고픔을 느끼는 고통을 비교해 본 적이 있습니다. 전자의 고통이 더 크게 다가왔습니다. 그러니까 "배고파 죽겠네"가 아니라 "살 빠지니까 즐겁네"로 바뀌었습니다.

이제는 운동을 하지 않거나 과식을 하게 되면 몸에서 바로 신호가 옵니다. 건강한 몸으로 돌아왔다는 신호입니다.

'설마 내가 병에 걸리겠어?'라고 생각하면서 살이 더 찌는 것에 대해 불안해하기만 했다면 어떻게 되었을까요? 아직도 저는 "설마 설마"를 중얼거리면서도 먹을 것을 자제하지 못했을 것이고, 몸무게는 더욱 늘어났을 것입니다. 이로 인해 각종 성인병에 시달렸을지도 모르고요.

불가능한 가정은 부정적인 가정입니다. 더 이상 '가정' 때문에 불안해하지 말고, 대비책을 세워 후회하지 않는 인생을 사세요.

가만히 스스로를
안아 주는 말

인생은 새옹지마입니다. 지나온 삶이 만족스럽지 못하다고 너무 힘들어하지 마세요. 시간이 더 지나면 바뀌는 순간이 올 수도 있습니다. 당장에 뭐 하나 되는 일이 없다고 힘들어할 필요가 없습니다. 인생을 길게 보고 살면 반드시 좋은 날이 올 것입니다. 순간에 너무 집착하지 말고, 때로는 과감하게 넘기는 지혜가 필요합니다. 인생을 끊어서 보지 말고, 통으로 보는 안목을 기르세요.

당신 때문에
행복해

연애는 화려한 오해요, 결혼은 참혹한 이해다.

전쟁에 나갈 때는 1번 기도하고, 배를 탈 때는 2번 기도하고, 결혼할 때는 3번 기도하라.

판단력이 부족해서 결혼하고, 이해력이 부족해서 이혼하고, 기억력이 흐려져 재혼한다.

위의 말들은 모두 결혼이 얼마나 어려운지를 공통적으로 말해 주고 있습니다.

그럼에도 불구하고, 오늘도 많은 사람들이 행복한 결혼을 꿈꾸며 결혼식장에 들어섭니다. 왜 그럴까요? 결혼을 했을 때의 99가지 나쁜 이유보다 1가지 좋은 이유가 더 무게감 있게 다가오기 때문입니다.

세상은 숫자로만 따질 수 없습니다. 트럭이 짐칸에 고철을 한 가득 싣고 간다 하더라도, 금덩어리 하나 싣고 가는 게 더 값어치가 나가는 것처럼 말입니다.

달걀이 두 개 있습니다. 하나는 유정란이고, 또 다른 하나는 무정란입니다. 겉으로 보기에는 똑같습니다. 영양학적으로 비교해 봐도 별 차이가 없습니다. 하지만 생명학적 관점으로 보면 굉장한 차이를 보입니다. 유정란은 닭이 품으면 병아리가 나오지만, 무정란은 그대로 곯아 버립니다. 그것은 영양학적인 칼로리나 값으로 매길 수 없을 만큼 중요합니다.

유정란에서 태어난 병아리는 성장해 닭이 되고, 다시 교미를 통해 알을 낳고 하는 과정이 계속 이어질 수 있습니다. 1~2년은 별것 아닐 수 있습니다. 하지만 세월이 100년이 지나고, 500년이 지나고, 1000년이 흘렀다고 가정해 봅시다. 그러면 지금 현재 지구상에서 살고 있는 모든 닭들보다 하나의 유정란으로 인해 생긴 달걀과 병아리의 숫자가 더 많을 것입니다.

이걸 사람에게 적용해 보세요. 내가 결혼해서 아이를 낳고, 그 아이가 또 아이를 낳고, 그다음에도 계속해서 아이를 낳다 보면, 지금 살고 있는 사람들보다 나를 통해 생명이 생긴 후손들의 숫자가 더 많아질 수도 있다는 것입니다.

이것이 생명의 신비요, 사람이 결혼해서 꼭 아이를 낳아야 하는 이유입니다.

요즈음 결혼을 포기한다는 사람들이 많습니다. 그리고 설령 결혼하더라도 아이는 낳지 않을 거라고 말하는 사람도 있습니다. 이들은 경제적 상황이 안 된다는 둥, 지금은 시기가 아니라는 둥의 이유를 댑니다. 하지만 나로 인해 태어난 자녀가 또 자녀를 낳고 그 자녀가 또 자녀를 낳음으로써 인류를 확장해 가는 역할을 한다면 그 가치를 어떻게 값으로 매길 수 있겠습니까?

물론 한 명의 아이를 온전히 잘 키우기 위해서는 경제적 여건이나 상황 등이 뒷받침되어야 합니다. 하지만 그 양육의 어려움을 이런 위대한 이유를 생각하며 키우다 보면 어느새 아이들은 잘 자라나 있을 것입니다.

저는 인동 장 씨입니다. 그리고 제 시조는 고려 초 장군 출신인 장금용張金用입니다. 제 시조가 결혼해서 자손을 낳지 않았더라면 지금의 모든 장 씨는 존재하지 않았습니다. 다른 성 씨 또한 마찬가지입니다. 그들이 자손을 낳으려고 하지 않았더라면 지금의 후손은 결코 없었을 것입니다. 결혼을 해서 아이를 낳아야 하는 1가지의 중요한 이유가 이것입니다.

자녀는 또 다른 나의 생명입니다. 이제껏 생명을 잘 이어 왔는데, 나로 인해 생명이 끊어져서는 안 됩니다. 무정란으로 끝내서는 안 됩니다. 유정란이 되어서 또 자녀를 낳고, 그 자녀가 또 낳아서 세상을 이어 가는 축복을 누렸으면 합니다.

당신은 유정란 같은 사람입니까, 무정란 같은 사람입니까?

자녀를 낳으려면 일단 결혼생활이 잘 유지되어야 합니다. 가정이 행복한 부부 중심으로 돌아가야 한다는 말입니다. 그러기 위해서는 남편을 잘 연구하고, 아내를 잘 관찰해야 합니다.

행복했던 적이 한순간이라도 있었던 부부라면 다시 충분히 행복해질 수 있습니다. 예전에 눈빛만 봐도 상대의 마음을 알았던 순간이 있잖아요. 손만 닿아도 전기에 감전된 듯 찌릿찌릿했던 기억이 있잖아요. 그때 나오는 것이 '뉴트로핀'이라는 호르몬입니다. 하지만 뉴트로핀의 유효 기간은 1~2년에 불과합니다.

이후에 관계를 지속시키려면 친밀감과 결속력을 유지시켜 주는 '옥시토신'이라는 호르몬이 나오도록 해야 합니다. 그러려면 서로 간의 노력이 절실히 필요합니다. 그래야 관계가 잘 유지될 수 있습니다. 지금은 다만 그 노력을 안 하는 것뿐이지요. 노력해서 안 될 일이 어디 있겠습니까?

어떻게 하면 잘 먹고 잘살 수 있을까에 대해서도 고민해야 하지만, 부부가 지속적으로 행복을 누리기 위해서는 노력을 정말 많이 해야 합니다. 삶의 마지막에 "이 사람을 만나서 정말 행복했다"는 고백을 남길 수 있다면, 지금 당장 돈 버는 것 이상으로 더 중요한 게 아닐

까요? 그 기술이 어렵고 힘든 것이 아니라 발 앞에 있습니다.

우리나라는 땅이 좋아서 소 한 마리가 밭을 갈지만, 중동 지역은 땅이 척박해서 한 마리가 아니라 두 마리, 세 마리, 심지어는 다섯 마리가 함께 밭을 간다고 합니다. 그런데 두 마리가 갈아야 할 밭을 한 마리에게 시킬 수 있는 방법이 있답니다.

옆에 암소 한 마리를 두는 것입니다. 두 마리가 할 일을 한 마리 혼자서 하니 얼마나 힘들겠어요? 절반 정도 일을 했을 때 옆에 있던 암소가 황소의 뺨을 핥아 주면 황소는 기운이 펄펄 나서 나머지 절반도 금방 갈게 된다는 것입니다. 암컷의 격려가 수컷으로 하여금 엄청난 에너지를 발산시킨다는 거지요.

사람 또한 마찬가지입니다. 여자에게는 사랑이, 남자에게는 칭찬과 격려가 필요합니다. 남자는 기를 살려 주면 엄청난 일을 해낼 수 있습니다.

한 쌍의 노부부가 있었습니다. "남자는 칭찬해야 기가 산다"는 말을 들은 할머니께서는 할아버지한테 칭찬거리를 찾았습니다. 하지만 아무리 봐도 없었습니다. 나이가 들어서 머리는 다 빠지고, 이도 틀니고, 얼굴도 폭삭 늙었고, 돈도 못 벌어 오니 뭔 칭찬거리가 있겠어요?

그래도 포기하지 않고 찾아보았습니다. 할아버지가 속옷을 갈아입을 때 보니 알통이 조금 보이더랍니다. 그래서 할머니가 그것에 대해 칭찬을 했습니다.

"영감, 아직도 알통이 있는 걸 보니 청춘이구려."

할아버지는 쓸데없는 소리 하지 말라면서도 그 칭찬이 싫지 않았습니다.

다음 날이 되자 할아버지가 보이지 않아 여기저기를 찾아다녔는데, 불현듯 지하실에서 할아버지 목소리가 들렸습니다. 기합소리와 함께 할아버지께서 아령을 들고 계셨던 것입니다. 이게 남자입니다.

남편이 잘못했다고 또는 무능하다고 지적만 했지, 능력 있는 사람이 되고자 노력하도록 칭찬과 격려가 부족하지는 않았는지 되돌아봐야 합니다. 반대로 남편 또한 아내가 살림을 제대로 안 한다고 짜증만 냈지, 아내가 감동할 정도로 뜨거운 사랑을 준 적이 있는지를 생각해 봐야 합니다.

온달은 다 아는 것처럼 바보였습니다. 하지만 평강공주는 온달을 바보라고 무시하지 않고, 칭찬과 격려로 장군으로 만들었습니다. 남편을 바보라고 칩시다. 그럼 아내의 칭찬과 격려를 받다 보면 장군은 아니더라도 굉장히 유능한 사람이 될 것임은 틀림없습니다.

이렇게 부부간의 사랑을 회복한다면 결혼해서 아이 낳는 것이 어렵고 힘든 것이 아니라 하루 빨리 하고 싶은 것이라는 긍정적인 눈이 열릴 것입니다.

빨리 아내에게 사랑한다고 고백하세요. 그리고 빨리 남편에게 힘 내라고 말해 주세요. 그리고 마지막으로 "당신 때문에 행복해"라는 말을 해 주세요.

사랑으로 만난 한 쌍이 결혼해 아이라는 행복의 열매를 맺는 부부 가 되세요.

가만히 스스로를
안아 주는 말

사랑은 언제나 오래 참고 친절하며 시기하지 않으며 무례하지 않으며 자기의 유익을 구하지 않으며 성내지 않으며 원한을 품지 않습니다. 또 사랑은 모든 것을 감싸 주고 참아 내며 영원토록 변함 없습니다. 믿음 소망 사랑 중에 가장 위대한 것은 사랑입니다. 영원히 사랑하는 부부가 되세요.

성공하는
인생의 기준

저는 운동을 참 좋아합니다. 특히 축구를 좋아해요. 지금도 시간
이 날 때마다 교회 신도들과 함께 운동장에서 축구를 합니다. 술 담
배를 하지 않아서인지 청년들 못지않게 잘 뛰어다니면서, 골도 곧잘
넣습니다.

요즈음 기성용, 구자철, 손흥민 등 우리나라의 여러 선수들이 독일
분데스리가나 영국 프리미어리그에 나가서 잘 뛰는 걸 보면 격세지
감을 느낍니다. 90년대 초까지만 해도 해외 유명 리그에서 뛰는 선
수는 독일 분데스리가의 차범근 선수가 유일했거든요.

그도 그럴 것이 제가 어릴 적만 해도 공부를 조금만 잘해도 부모
님들은 공부를 시키셨어요. 공부를 통해 성공하기를 원하셨던 거죠.
판검사나 의사가 되어야 성공했다고 자부하는 시절이었으니까요.

하지만 공부를 시키다가 나아질 기미가 보이지 않으면 그때서야 운동을 시키셨습니다. 머리가 안되니 몸이라도 움직여 성공하라는 뜻이었겠지요.

그런데 지금은 어떤가요? 여전히 공부를 중요하게 생각하지만 그에 못지않게 이제는 운동도 굉장히 중요하게 여기는 부모들이 하나둘씩 늘어나고 있습니다. 처음부터 자녀를 운동선수로 키울 작정을 하고 어려서부터 축구나 야구 등 다양한 클럽 활동을 시켜 보는 경우도 많습니다. 저는 이것이 굉장히 좋은 신호라고 생각합니다.

어릴 적 읽었던 동화 「개미와 베짱이」에 대해 잘 알고 계시죠?

개미는 더운 여름날 열심히 일하고, 베짱이는 시원한 그늘에서 놀면서 시간을 보냈습니다. 그러다가 추운 겨울이 되자, 개미는 그동안 열심히 일한 대가로 따뜻한 집에서 편안하게 저장해 둔 음식을 먹으면서 지내지만, 베짱이는 이런 개미에게 찾아갔다가 홀대받고 돌아가다가 눈 속에서 얼어 죽었다는 이야기입니다.

그런데 지금은 세태가 바뀌었습니다.

개미는 일만 죽어라고 하다가 디스크에 걸려서 회사에서 퇴출당하고, 베짱이는 계속 노래를 불러서 유명한 가수가 되고, 마침내 한류 열풍을 타고 케이팝K-POP을 알리는 한류 전도사가 되었다고 합니다.

저는 이런 상상도 해 보았어요.

전국의 4~6살 되는 아이들을 연령별로 모아 놓고 달리기 시합을 시키는 겁니다. 모든 운동의 기본은 달리기거든요. 그래서 '달리기를 잘하는 아이가 운동을 잘한다'는 말이 거의 맞다고 생각합니다. 달리기에서 특출한 재능을 보이는 아이들을 뽑아서 그들에게 야구, 축구, 농구 등을 시키는 것입니다. 그 아이들이 재능을 보이면 외국에 보내 선진 운동기술을 익히도록 하고요. 그러면 중요한 시합인 월드컵이나 올림픽 등이 열렸을 때 그 아이들이 세계적 수준의 기량을 발휘해 우리나라가 우승하는 데 일조하지 않을까요?

이런 식으로 어려서부터 운동 인재를 발굴해 키우면 우리나라는 지금보다 훨씬 더 강한 스포츠 강국의 면모를 보일 수 있을 것입니다.

그 좋은 예가 현재 우리나라 축구 국가대표팀의 주장이자, 영국 프리미어리그에서 활약하고 있는 기성용 선수일 것입니다. 기 선수는 아버지의 권유에 따라 영어와 축구를 배우기 위해 4년 동안 호주로 축구 유학을 다녀왔습니다. 그는 중고등학교 때 배운 선진 축구 기술을 바탕으로 영국에서 주전선수로 활동하고 있고, 영어로 진행하는 인터뷰를 할 때도 전혀 주눅 들지 않고 유창하게 실력 발휘를 하고 있습니다.

운동은 나라가 힘들고 어려운 상황에 처할 때마다 국민들이 힘을 내게 하는 원동력이 될 수 있습니다. IMF 때를 생각해 보세요.

미국 프로야구 메이저리그에 진출한 박찬호 선수가 던지는 강속구가 얼마나 국민들의 마음을 흥분시켰습니까? 1998년 US여자오픈에서 박세리 선수가 '맨발 투혼'을 통해 당시 실의에 빠졌던 우리나라 국민들에게 얼마나 큰 희망을 주었습니까? 그리고 2002 월드컵 때 누구도 예상하지 못했던 4강 진출이라는 쾌거 속에 많은 국민들이 대한민국에 태어난 것을 얼마나 자랑스럽게 여겼습니까? 뿐만 아니라 우리나라는 세계야구선수권 대회에서도 준우승을 차지하였습니다.

모든 아이들이 공부를 잘하는 재능을 타고나는 것은 아닙니다.

우리나라에서 가장 성공한 축구선수로 평가받는 박지성 선수가 그라운드에서 축구공을 차는 대신 교실의 책상 한쪽에서 공부하느라고 낑낑대고 있는 모습을 상상해 보세요. 사람은 자기가 좋아하는 일을 잘할 때 더욱 힘을 낼 수 있습니다. 공부에 흥미가 없는 아이에게 열심히 공부만 하면 성공할 수 있다는 생각을 심어 주는 것은 위험한 일입니다.

판검사와 의사가 여전히 좋은 직업이지만, 모든 사람들이 공부만 할 수는 없습니다. 그러면 우스갯소리로 소는 누가 키웁니까? 그리고 공부를 한다고 해서 모두 잘할 수는 없습니다. 이제는 재능을 보이는 것에 노력을 더해야 성공할 수 있습니다.

그리고 성공의 기준을 획기적으로 바꿔야 합니다. 성공 기준이 바뀌고 있다고는 하지만 아직도 수능성적이 떨어져 목숨을 끊었다는 기사를 심심치 않게 볼 수 있습니다. 부모의 공부에 대한 강압이 자식들에게 영향을 미치고 있는 것입니다. 공부를 잘해 좋은 대학을 나와 대기업에 입사하더라도 기껏해야 20년 정도 버틸 수 있는 것이 현실입니다. 재미있어 하면서도 재능을 보이는 것을 하는 것, 그게 바로 성공의 열쇠가 되어야 합니다.

그러므로 이제 공부 잘하는 것에만 관심을 기울일 것이 아니라, 내 아이가 운동에 소질을 보인다면 그쪽으로 한번 밀어주는 것도 필요합니다. 훨씬 많은 성공의 기회가 펼쳐져 있을 것입니다. 박지성, 박찬호, 박세리, 추신수 선수 등이 산증인입니다.

가만히 스스로를
안아 주는 말

공부만이 인생의 성공을 가져다주던 세상은 저물었고, 자신이 좋아하는 것을 잘하는 것이 성공을 의미하는 시대가 되었습니다. 세상은 갈수록 개성을 원하고 있습니다. 개성적인 사람이 성공하는 사람입니다.

아버지의 사랑,
어머니의 사랑

　제 할아버지께서는 할머니와 4형제를 남기고 일찍 돌아가셨습니다. 맏이였던 제 아버지께서는 돌아가신 할아버지를 대신해 할머니와 남은 3형제를 부양해야 하는 큰 짐을 지셨습니다. 어린 나이에 혼자서 감당해야 했던 가장으로서의 무게가 만만치 않았을 것입니다. 아버지는 결국 국민학교(현재의 초등학교)만 졸업하시고, 생활전선에 뛰어들 수밖에 없었습니다. 아버지의 학교 공부는 거기서 끝이었습니다.

　그 후 아버지는 어머니를 만나 결혼을 하고 6남매를 낳았습니다. 제가 입학하자 학교에서는 호구조사를 했습니다. 거기에는 아버지의 학력을 적는 난도 있었습니다. 아버지는 '국민학교 졸업'이라고 쓸 수밖에 없었지요.

그것을 본 저는 무척이나 창피함을 느꼈습니다. 다른 친구들의 부모는 고등학교 졸업이거나 적어도 중학교 졸업이라고 쓰는데, 어린 마음에 얼마나 상처가 되었는지 모릅니다.

지금 와서 생각해 보면, 그렇게 쓸 수밖에 없었던 아버지의 마음은 오죽했을까 하는 생각이 들지만, 그때 당시에는 그 마음을 헤아릴 수 없었습니다.

아버지는 방앗간을 운영하면서 돈을 버셨습니다. 그 덕분에 동생들을 장가보내고, 우리 자식들 또한 부족함 없이 자랄 수 있도록 해 주셨습니다. 힘든 일을 마친 뒤 아버지의 유일한 낙은 약주로 하루를 마무리하는 것이었습니다.

"아버지, 술은 몸에 해롭습니다."

그럴 때마다 아버지께서는 "허허, 이 녀석 보게!" 하면서 술잔을 비우셨습니다. 아버지는 말을 많이 하는 편이 아니었습니다.

좁은 방앗간에서 먼지를 많이 마셔서인지, 아니면 담배를 많이 피워서인지 아버지는 말년에 폐암에 걸리셨습니다. 병원에서는 말기라고 하였습니다.

이 사실을 알게 된 아버지께서 제일 먼저 하신 일은 병 치료를 위해 입원하는 것이 아니었습니다. 경운기에 쌀가마니 대신 장남인 저를 태워서 집집마다 돌아다니는 것이었습니다.

"여보게~ 내가 암에 걸렸어. 병원에서 이제 얼마 못 살 거 같다는 구먼. 그러니 내가 죽더라도 지난번에 빌려주었던 돈을 이 녀석한테 꼭 줘야 하네."

당신께서 돌아가시면, 살림을 꾸려 가는 것이 이전보다는 마땅치 않을 테니 그동안 빌려주었던 돈을 받아서라도 남은 가족들이 잘 지내길 바라는 마음이었던 것입니다.

지금 와서 생각해 보면, 아버지께서 그렇게 좋아하시던 술을 한번쯤은 같이 마셔 드렸으면 좋았을 걸 하는 것이 후회가 됩니다. 그러면 살아생전 아버지께 작은 추억이라도 드릴 수 있었을 텐데 말입니다.

예전에 텔레비전에서 「우정의 무대」라는 방송 프로그램을 했습니다. 힘든 생활을 하는 군인들을 위해 공연도 보여 주고, 장기자랑도 하는 프로그램이었습니다. 그중에서 가장 인기가 있었던 코너는 '그리운 어머니'라는 것이었습니다. 그전까지 깔깔거리며 재미있게 놀던 군인들도 이 코너의 노래만 나오면 모두 눈물이 그렁그렁 맺히기 시작했습니다.

엄마가 보고플 땐 엄마 사진 꺼내 놓고
엄마 얼굴 보고 나니 눈물이 납니다
어머니 내 어머니 그리운 내 어머니

보고도 싶어요 울고도 싶어요
사랑하는 내 어머니

그리고 천막 뒤에서 기다리고 있던 어머니가 나와서 아들과 포옹
하는 순간, 통곡에 가까운 눈물을 쏟아 냅니다. 텔레비전을 보고 있
던 사람들도 함께 웁니다. 어머니가 잘나가서, 똑똑해서, 예뻐서 우는
게 아닙니다. 그저 보고 싶은 내 어머니이기 때문에 우는 것입니다.

아이가 밖에서 맞고 울면서 들어왔다고 해 봅시다. 아버지가 묻습
니다.

"무슨 일이야?"

"저기에서 어떤 형아가 때렸어요."

"네가 잘못했으니 맞았겠지."

이게 아버지입니다. 하지만 어머니는 다릅니다. 당장에 아이의 손
을 잡고 때린 아이에게로 달려갑니다.

"누가 때렸냐?"

"저 형아가."

어머니는 아이를 때린 형을 찾아 잔소리를 퍼부어 댑니다. 잘잘못
은 따지지 않습니다. 그게 어머니입니다. 만약 형이 아니라 어린 동
생에게 맞았어도 마찬가지입니다.

"조그만 놈이 왜 큰 애를 때려?"

아버지는 자식이 잘못된 길로 갈까 봐 엄하게 다스리고, 어머니는 설령 그 길로 가려고 할 때라도 자식을 감쌉니다. 아버지는 옳고 그름으로 접근하고 어머니는 사랑으로 접근하는 것입니다. 하지만 아버지와 어머니의 사랑 방식이 다를 뿐, 그 누구보다도 자식을 사랑한다는 사실은 변함이 없습니다.

저 또한 결혼을 하고, 아버지가 되었습니다. 아들 하나, 딸 하나를 키우는 것도 만만치 않았습니다. 돌아가신 부모님 생각이 날 때마다 '나는 과연 어떤 아버지인가' 하는 생각을 합니다.

자녀들에게 존경을 받는 부모가 되었으면 합니다. 그러면 인생을 마감했을 때 비문에 '훌륭한 부모였다'라고 새겨 줄 것입니다. '존경받는 부모'를 목표로 살아갑시다.

가만히 스스로를
안아 주는 말

어릴 적에 저는 신 김치를 잘 먹었습니다. 하지만 아버지께서는
생김치를 잘 드셨습니다. 그런데 세월이 지나 아버지 나이가 되니
까 신 김치보다는 생김치를 먹는 게 더 입에 맞았습니다.

또한 아버지께서는 식사 후에 이를 쑤시는 습관이 있었습니다. 저
는 어릴 적에 그 모습이 무척 보기 싫었습니다. 하지만 아버지 나
이가 되니 저 또한 식사 후에 이를 쑤십니다.

어느덧 저는 아버지의 판박이가 되어 있었습니다. 부모와 자식은
그런 관계입니다.

화려한 고통,
초라한 행복

길거리를 지나다 보면, 다양한 맛의 빵과 커피를 파는 대형 프랜차이즈 빵집이 많이 보입니다. 이 빵집들은 멋진 인테리어를 하고 있어 외형적으로는 화려합니다. 하지만 그 속을 들여다보면 결코 화려하다고 할 수 없습니다. 왜냐하면 그 정도의 규모를 갖추려면 인테리어도 고급으로 해야 하고 매장 크기에 걸맞은 직원 수, 그리고 본사에 지급하는 로열티까지 해서 그 비용이 만만치 않게 들기 때문입니다.

반면에 붕어빵 장사는 어떨까요? 외형적으로는 참으로 초라해 보입니다. 볼품없는 리어카 한 대에 투박한 붕어빵 틀이 전부입니다. 하지만 많은 자본금이 필요 없고, 재료비를 제외하고는 모두 수입으로 가져갈 수 있다는 장점이 있습니다.

이처럼 세상에는 겉으로 판단할 수 없는 것들이 많습니다. 화려하게 보이는 것이 고통을 수반할 수 있고, 초라하게 보이는 것 속에 오히려 행복이 깃들어 있을 수 있습니다.

우리나라에는 오랫동안 지속된 유교문화의 잘못된 영향이 아직까지 자리 잡고 있습니다. '체면' 때문에, 라면을 먹고도 이쑤시개로 이를 쑤신다는 우스개까지 나올 정도입니다. 그런 허영 때문에 안 겪어도 될 고통을 겪는 것입니다.

'빚'을 자꾸 지는 사람들도 있습니다. 금리가 싸다는 이유로 은행에서 대출을 반복적으로 받습니다. 이는 허영 때문에 생기는 현상입니다. 아무리 갖고 싶은 것이 있어도 돈이 없다면 포기할 줄 알고, 절약을 통해 살림을 규모 있게 꾸려 나가야 합니다. 그래야 나중에 빚에 눌려 고통을 당하지 않습니다.

성공하는 사람들은 초라함을 부끄러워하지 않습니다. 시장에서 구입한 5만 원짜리 단벌 양복으로 지낸 대기업 회장이 있다는 것은 익히 알려진 사실입니다. 그런데 오히려 내세울 것 없는 사람들이 고통을 겪으면서도 화려함을 포기하지 않습니다. 젊은 세대 가운데 일부는 월세를 살면서도 고급 외제차를 리스해서 타는 경우가 있다고 합니다.

한 시각장애인과 인사를 나누게 되었습니다. 그는 생계를 위해 신문 배달을 한다고 했습니다. 그 말을 듣고 저는 깜짝 놀랐습니다. 앞을 잘 보는 사람도 쉽지 않은 일이거늘, 두 눈이 보이지 않는 사람이 신문 배달이라뇨?

그 분의 사연은 이랬습니다.

원래 이 분은 중소기업체를 운영하는 CEO였다고 합니다. 수십 억원의 매출을 올리며, 기사 딸린 고급 외제차를 타며 인생을 즐겼다고 합니다. 그의 인생은 화려해 보였습니다. 하지만 그 뒤에는 고통이 있었습니다.

사업 때문에 너무 바쁘다 보니, 아내와 함께할 시간이 없었습니다. 돈은 많았지만 마음이 허전한 아내는 쇼핑 중독에 빠졌습니다. 그러다 보니 서로 이해하기보다는 다툼만이 늘어났습니다. 자식들 또한 아버지의 재력을 믿고 흥청망청 돈을 쓰기에 바빴습니다. 괴로운 아버지는 일을 마치면 술을 찾기에 바빴습니다.

그러다가 위기가 찾아왔습니다. 그분이 교통사고로 크게 다쳐 눈이 실명되고 만 것이었습니다. 엎친 데 덮친 격으로 회사는 하루아침에 부도를 맞았습니다. 60평대 고급 아파트에서 살던 가족은 지하 단칸방으로 옮길 수밖에 없었습니다.

그런데 신기한 일이 벌어졌습니다. 사업에 실패하자 초라한 지하 단칸방에 가족이 함께 모일 수 있었고, 어렵고 힘든 사정을 서로 응원해 주는 가족이 되었습니다. 이전에는 화려했지만 고통스러운 시간이었다면 지금은 초라하지만 행복한 시간을 보내게 되었습니다.

그는 생계를 위해 안마사를 선택했습니다. 그런데 몇 해 전에 헌법재판소에서 시각장애인의 안마사 자격 독점이 위헌이라는 결정을 내려 그마저도 일자리 구하기가 여의치 않았습니다. 결국 고민 끝에 눈은 안 보이더라도 튼튼한 두 다리가 있으니 신문 배달을 해 보겠노라고 결심했습니다. 그러고는 지팡이를 더듬거리며 한 신문 보급소를 찾아갔습니다.

"소장님, 저 여기서 일할게요."

"뭐라고요? 앞을 못 보는 사람이 어떻게 신문을 배달해요?"

측은하게 여긴 배급소장은 그에게 택시비를 쥐어 주며 가라고 등을 떠밀었습니다. 하지만 그는 포기하지 않았습니다.

"소장님, 저 진짜 자신 있어요. 앞은 못 보더라도 팔다리는 아직 튼튼하다고요."

이번에는 배급소장도 대꾸를 하지 않았습니다. 더 이상 말이 필요 없다는 거절의 뜻이었겠지요. 그러자 시각장애인이 단호하게 말했습니다.

"월급 안 받을 테니, 제발 다니게 해 주세요."

배급소장의 귀가 번쩍 띄었습니다. 힘든 신문 배달을 하겠다는 사람도 없는 마당에, 일을 시키고도 월급을 안 줘도 된다고 하니까 말이에요. 배달을 잘할지 의심스럽기는 했지만 월급을 안 주니 손해는 아니겠다 싶었습니다. 그래서 다음 날부터 시각장애인은 일을 할 수 있게 되었습니다.

하지만 배급소장은 그에게 수금이 잘 안되거나, 신문 구독을 거절하는 집들만을 골라서 다니도록 했습니다. 지쳐서 스스로 나가떨어지도록 하기 위해서였겠지요.

그런데 배급소장의 바람과는 달리 놀라운 일이 일어났습니다. 그가 다니는 곳마다 수금이 되고, 신문 구독자가 늘어났다는 것입니다. 나중에는 그 지역에서 가장 수금도 잘하고, 신문 구독자 수도 제일 많아졌습니다.

비결은 그가 일을 얻었다는 기쁨에 즐거운 마음으로 집집마다 찾아다녔기 때문입니다. 앞을 보지 못하는 시각장애인이 한 손에는 지팡이를 짚고 한 손으로는 신문을 들고 서 있다면 누가 관심을 갖지 않겠습니까? 사람들이 대단하다며 신문을 봐 주었습니다.

"지금의 삶이 예전보다 훨씬 더 행복해요."

그의 말은 제 마음속에 무지개보다도 더 화려한 빛으로 다가왔습니다.

가만히 스스로를
안아 주는 말

허영에 사로잡혀 화려함만을 따라가지 마세요. 중요한 것을 놓칠 수 있습니다. 가능하다면 실속 있는 초라함을 즐기는 사람이 되세요. 더 큰 행복을 만날 수 있을 테니까요.

세상은 즐기는 사람이 이깁니다. 직장으로 출근하는 것을 즐거워하고, 가족들을 위해 살림하는 것을 즐거워하고, 학생들은 공부를 즐겁게 해 보세요. 그 전과 후는 분명히 다를 것입니다.

'12척이나' 되는
배가 남아 있습니다

"전하! 신에게는 아직도 12척이나 되는 배가 남아 있습니다."

명량해전을 앞두고, 이순신 장군이 선조께 보낸 한 통의 편지 내용입니다.

당시 '12척밖에' 안 되는 배를 가지고 있었던 조선 수군과는 달리 왜적은 133척이나 되는 배를 가지고 있었습니다. 하지만 이순신 장군은 결코 좌절하거나 겁먹지 않았던 것입니다.

'12척이나'와 '12척밖에'의 차이는 단 두 글자입니다. 하지만 이 두 글자가 성공과 실패요, 승리와 패배의 결정적 요인이 되었습니다.

'12척이나'라는 긍정적인 사고방식을 통해 133척의 배를 가진 왜적 수군을 물리칠 수 있는 아이디어가 생성되었던 것입니다.

이순신 장군은 진도 앞바다에 12척의 전선을 앞에 두고 그 뒤에는 백성들의 피란선 100여 척을 죽 늘어놓았습니다. 전투에 참가하는 배가 엄청나게 많아 보이도록 하기 위한 전략이었습니다.

이러한 전략을 바탕으로 이순신 장군은 31척의 일본 전함을 궤멸시키며 명량해전을 승리로 이끌었습니다. 조선 수군은 단 1척의 배도 피해를 입지 않았습니다.

이순신 장군이 왜군 함대의 숫자만을 보고 지레 겁을 먹었다면 우리나라는 일본에게 참패하였을 것이고, 그때 우리나라의 역사는 끝났을지도 모릅니다.

'12척이나' 되는 배로 인식하였기에 133척의 배를 두려워하지 않을 수 있었습니다. 이건 그가 긍정적인 사고방식을 가지고 있었기에 가능했던 것입니다.

인생 또한 바라보는 시선에 따라 지금 상황이 행복하기도 하고, 불행하기도 하는 것입니다.

어떤 시선에 힘을 실어 주느냐는 나에게 달려 있습니다. 당연히 긍정적인 시선에 힘을 실어 줘야 합니다. 그제야 비로소 해결의 실마리를 찾을 수 있습니다.

세상에는 부러운 사람이 참 많습니다.

갖고 싶은 것을 모두 가질 수 있고, 먹고 싶은 것이 있으면 언제든지 먹을 수 있는 돈 많은 사람은 부러움의 대상입니다. 아들만 세 명 낳은 엄마는 같이 목욕탕도 가고, 쇼핑할 때 함께 수다도 떨 수 있는 살가운 딸을 가진 엄마가 부러울 따름입니다. 쓰레기 분리수거는 물론 주말마다 요리까지 다해 주는 남편이 있는 옆집 여자가 부럽기도 합니다. 또한 아내의 잔소리도, 양육에 대한 책임감도 지지 않는 총각들을 부러워하는 남편도 있습니다.

사람이 뭔가를 가지고 있으면 부러움이 없습니다. 노력해서 가질 수 있을 때에만 해도 덜 부러워합니다. 언젠가는 가질 수 있는 가능성이 있으니까요.

문제는 가질 수도 없고, 가지고 있지도 않을 때입니다. 타인의 시선을 중요시하는 사람은 열등감에 빠지게 되고, 자존감이 떨어져 스스로를 비참하게 만듭니다. 부정적인 시선이 만든 나쁜 결과입니다.

그렇다면 남을 부러워하지 않고 내 삶에 만족하는 방법은 없을까요?

일단 현재의 무탈한 삶에 감사할 줄 알아야 합니다. 시각 장애인에게는 두 눈을 볼 수 있는 사람이 부럽고, 취업 준비생의 입장에서는 직장인이 부럽습니다. 잘 살펴보면, 나 또한 부러워할 만한 것을 이미 가지고 있는 경우가 많습니다.

그런데 왜 남의 떡에만 마음을 두나요? 물론 적당한 부러움은 삶에 긴장과 자극이 되기도 하고, 자존감을 가지고 노력한다면 훨씬 더 큰 행복을 누릴 수 있습니다. 하지만 부러움을 넘어 열등감에 빠진다면 슬픔이 두 배가 되고 맙니다.

둘째로는 적극적이고 긍정적인 마인드를 가진 사람은 삶의 만족도가 높습니다. 또한 이런 사람들이 행복한 인생, 성공하는 인생을 살아갈 확률이 더 높습니다. 이들은 목표한 일이 있으면 '되든지 안 되든지 한번 해 보자'라는 마음으로 시도합니다. 안 돼도 상관없습니다. 다음에 다시 도전하면 되니까요.

여기에 문이 있습니다. 소극적인 사람은 그 문이 열릴 때까지 마냥 기다립니다. 물론 기다려야 할 때도 있지만 적극적이고 간절하게 그 문을 두드릴 때, 훨씬 더 빨리 그 문이 열리는 경우가 많습니다.

물론 '문이 안 열리면 어떻게 하지?'라는 두려움이 생기기도 합니다. 하지만 가만히 있으면 문이 열리나요? 그럴 바에는 두렵더라도 먼저 두드리는 편이 훨씬 낫습니다. 보물을 찾을 수 있도록 열심히, 적극적으로 나서야 훨씬 더 빨리 그리고 더 많이 얻을 수 있습니다.

단숨에 성공하지 못했다 하더라도 포기하지 말고, 한걸음 더 나아가기 위한 발판으로 생각하세요. 계속해서 하다 보면 요령이 생기기도 합니다.

이렇게 적극적이고 긍정적인 사람들은 성공적인 자신의 삶을 삽니다. 또한 남의 시선을 의식하지 않고 좌절하지 않습니다. 성공의 기준이 나 자신이기 때문입니다.

다 꺼진 불 속에도 불씨가 남아 있습니다. 아무리 극한 상황에 처해 있더라도 '아직 희망이 있다'는 긍정적인 자세를 가진다면 닥친 문제와 어려움과 사업과 그리고 인생을 자신 있게 헤쳐 나갈 수 있지 않을까요?

'12척밖에'를 '12척이나'로 바꾸어 승리했던 이순신 장군처럼 긍정적인 생각과 말과 자세가 내 인생을 구할 수 있습니다. 그것이 긍정의 힘입니다.

가만히 스스로를 안아 주는 말

"못 가진 것에 대한 욕망으로 가진 것을 망치지 말라. 하지만 지금 가진 것이 한때는 바라기만 했던 것 중 하나였다는 것도 기억하라."

그리스의 철학자 에피쿠로스가 남긴 말입니다. 가진 것에 만족하며 사세요.

뜻대로 되지
않더라도

비가 내린다는 일기예보에 맞춰 우산을 챙겨 가지고 나간 날은 날씨가 화창하지만, 우산을 안 가지고 나온 날은 어김없이 비를 쫄딱 맞아 물에 빠진 생쥐 꼴이 된 적이 없나요? 또한 모처럼 강의 시작하는 시간에 맞춰 수업에 들어간 그날은 휴강이고요, 몸이 아파 결석한 날은 교수가 꼭 출석 확인을 하지요. 커피 자판기도 내 앞에서만 고장 나고, 늦잠을 자서 택시를 타면 도로가 꽉 막혀 회사에 지각을 합니다. 세차를 한 다음 날에는 비가 내리지 않나요?

이걸 '머피의 법칙'이라고 합니다.

이런 일들 때문에 스스로를 '재수 없는 사람'이라고 생각해 본 적은 없나요? 하지만 당신은 결코 재수 없는 사람이 아닙니다. 스스로

재수가 없다고 느끼고, 생각하고, 살아가기 때문에 그런 사람이 되는 것입니다.

인생은 상황을 어떻게 받아들이느냐에 따라 달라지기도 합니다. 우산을 안 가지고 왔는데 비가 내리는 경우가 나에게만 일어나는 일인가요? 누구에게나 일어날 수 있는 아주 평범한 경우입니다. 단지 우산을 안 가지고 와서 비를 맞은 것에 대해 심각하게 받아들였을 뿐입니다.

하루 종일 일어났던 10가지 상황 중에서 유독 좋지 않았던 1가지에 집착하는 사람이 있습니다. 이제부터는 9가지 상황이 나쁘더라도 나머지 1가지 상황을 크게 받아들여 보세요. 안 좋은 일은 그냥 흘려보내고, 좋은 일은 감사하는 마음을 갖고 의식적으로 받아들이도록 노력해 보라는 말입니다. 그러다 보면 시시한 것들은 그냥 지나가고, 좋은 것들만 크게 다가올 것입니다.

종이를 찢는 습관을 가진 아이가 있었습니다. 시도 때도 없이 종이를 찢다 보니 어머니가 걱정이 되었습니다. 그래서 유명한 정신과 의사에게 아이를 데리고 갔습니다.

"얘야, 종이를 왜 자꾸 찢니?"

"그냥요."

그 말을 하면서도 아이는 종이를 찢었습니다. 그것을 본 의사는

"정말 심각한 상태입니다"라고 말하면서 당장 입원해 치료할 것을 권유했습니다.

어머니는 더욱 걱정이 되었습니다. 하지만 당장 입원할 상황이 되지 않아 아이를 일단 집으로 데리고 왔습니다.

집에는 어머니의 남동생이 와 있었습니다. 어머니는 동생에게 병원을 다녀온 사실을 조심스레 털어놓았습니다. 그러자 삼촌이 조카를 불렀습니다. 그때도 조카는 종이를 찢고 있었습니다. 그때 삼촌이 한마디를 했습니다.

"종이 그만 찢어, 이 자식아!"

놀란 조카는 더 이상 종이를 찢지 않게 되었습니다.

이 이야기가 주는 메시지를 오해하지 마세요. 무조건 우격다짐으로 하면 된다는 말이 아닙니다. 아무것도 아닌 일에 자꾸 의미를 부여하다 보면 그 일이 정말로 중요하게 되지만, 별다른 의미를 두지 않으면 중요한 일이 아닐 수도 있다는 것입니다.

꽃이 피면 벌과 나비가 향기를 맡고 꿀을 따기 위해 몰려오지만, 그 아래에 똥 한 덩어리가 있다면 파리가 옵니다. 파리는 똥이, 벌과 나비는 꿀이 맛있기 때문입니다.

감사를 붙이면 감사할 일이 자꾸 생기고, 원망을 붙이면 자꾸 원망할 일이 생깁니다. 어떤 일이 벌어졌을 때 좋은 것을 받아들이는 연습을 해 보세요. 좋은 받아들임이 행복한 인생을 만듭니다.

저는 아버지로서 솔직히 아들이 공부를 잘해서 명문대학교에 진학하기를 바랐습니다. 하지만 너무 바쁜 일정 때문에 아들과의 대화가 부족했습니다. 그래서 일단 얼굴을 마주하기만 하면 "공부 똑바로 못해?"라며 다그치기에 바빴습니다. 그리고 제 뜻대로 되지 않는 아들을 볼 때마다 항상 속상한 마음이 들었습니다.

제 아내 또한 저처럼 많은 사람들 앞에서 강연 활동을 해 보고 싶어 했습니다. 하지만 저는 아내가 내조만 해 주기를 바랐습니다.

이처럼 저와 가장 가까운 가족들조차도 내 뜻대로 되지 않을 때가 많습니다. 하물며 인생이야 오죽하겠습니까?

그런데 내 뜻대로 되지 않는다고 모두 나쁜 것은 아닙니다. 내 뜻이 잘못되었을 수도 있고, 설령 제대로 된 뜻이라 할지라도 나중에 어떻게 바뀔지 모르기 때문입니다. 따라서 인생이 내 뜻대로 되지 않는다고 너무 낙심할 필요가 없습니다.

내 뜻대로만 되는 인생을 사는 사람은 없습니다. 만약 모든 일이 마음먹은 대로만 흘러간다면 그것처럼 재미없는 인생이 또 있을까요? 상황과 여건에 따라 뜻은 얼마든지 바뀔 수 있습니다. 결국 상황을 어떻게 해석하느냐에 따라 좋은 결론이 되기도 하고, 나쁜 결론으로 변할 수도 있습니다.

만약에 제 뜻대로 아들이 공부를 잘해서 명문대학교에 입학했다고 해도 앞으로의 인생이 어떻게 펼쳐졌을지 아무도 모릅니다. 오히려 나쁜 길에 빠졌을 수도 있습니다.

어느 순간 제 뜻대로가 아닌 아들과 아내의 뜻에 그냥 따라가 주는 것도 좋다는 것을 터득했습니다.

아들은 지금 제 뒤를 이어 목사로서 잘 성장하고 있습니다. 아내역시도 공부를 더 해 좋은 강연자로서 당당히 일을 잘해 나가고 있습니다.

"이놈의 자식아, 너 그렇게 공부해서 밥이나 먹고 살겠냐?"

제가 어릴 적 아버지한테서 귀에 딱지가 앉을 정도로 많이 들었던 말입니다.

시간이 흘러, 30여 년 만에 초등학교 동창회가 열린다는 연락을 받았습니다. 오랜만에 동창들을 보니 정말로 반가웠습니다. 그때 공부를 잘했던 친구들의 소식이 궁금해, 안부를 물었습니다.

"전교에서 1등 하던 친구는 서울에서 판사 하고 있어. 그리고 2~5등 하던 녀석들은 지금 대학에서 교수로 있어. 그리고 공부 좀 했다는 애들은 선생님으로 일하고 있어."

그 말을 들은 저는 고개를 끄덕였습니다.

잠시 후, 강연이 잡혀 있던 저는 친구들에게 인사를 하고 먼저 자리에서 일어났습니다. 주차장에서 차를 타려고 보니, 친구들 차도 보이더군요.

판사로 근무하는 친구는 국산 대형차, 교수와 선생님을 하는 친구들은 중형차를 타고 왔습니다. 그 옆에 있던 제 차는 국내에서는 보기 드문 대형차였습니다.

물론 자동차의 등급으로 성공 기준을 삼을 순 없겠지만, 그래도 아버지가 늘 하시던 말씀과는 달리 나름 성공한 것이 아닙니까?

아버지의 뜻대로 공부에 매진하지는 않았지만 말을 잘했던 저는 그것을 더욱 발전시켜 지금의 자리에 설 수 있었습니다.

당장 눈앞의 상황이 어렵다고 낙심하지 마세요. 계속 노력하다 보면 언젠가는 좋은 상황이 펼쳐질 것입니다.

가만히 스스로를
안아 주는 말

'심즉시불心卽是佛'이라는 고사 성어가 있습니다. 즉 돼지 눈에는 돼지만 보이는 것이고, 부처 눈에는 부처가 보인다는 뜻입니다. 만일 누군가 자신이 어떻게 생겼느냐고 물어 보면, 좋게 말해 주세요. 내가 바라보는 그것이 바로 나 자신이기 때문입니다. 인생 또한 마찬가지입니다. 내가 어떤 마음으로 살아가느냐에 따라 인생이 달라집니다.

사막에 비가
내리지 않는 이유

어릴 적 제 꿈은 성악가였습니다. 나비넥타이를 매고 무대에 서서 웅장한 가곡을 부르고 싶었죠. 그래서 어느 날 아버지께 부탁드렸습니다.

"아버지, 성악을 배우고 싶어요."

그랬더니 아버지가 이렇게 말씀하시더군요.

"공부나 제대로 해, 이 자식아!"

그때 저는 '아, 나는 부모를 잘못 만났구나' 하는 생각이 들었습니다. 내게는 왜 부모 운이 없는 건지 서글펐어요.

그런데 한번 잘 생각해 보세요. 저는 정말 운이 없었던 걸까요?

부부가 서로 사랑할 때 나오는 정자의 수는 2~3억 마리에 달합니다. 이 세상에 태어난 사람은 이미 천문학적인 확률을 뚫은 거예요.

태어난 것 자체가 기적 중의 기적이라고 할 수 있어요.

하지만 사람들은 자신이 어느 날 갑자기 그냥 태어난 줄 압니다. 그래서 부모가 자신에게 못해 주는 것에만 관심을 기울입니다.

그러지 말아야 합니다. 좀 더 잘해 주지 못하는 부모 심정은 얼마나 아플까요? 이 세상에 낳아 주신 것만으로도 부모에게 감사해야 합니다.

복 있는 사람, 운 있는 사람이 따로 있을까요? 어떤 사람들은 말합니다. "인생은 뭐니 뭐니 해도 재수다." 노력을 아무리 해도 좋은 운을 타고난 사람한테는 못 당한다는 뜻이겠지요. 이 말이 맞는지 안맞는지 한번 볼까요?

미국의 발명가 에디슨은 "천재는 1퍼센트의 영감과 99퍼센트의 노력으로 만들어진다"라는 유명한 말을 남겼습니다. 노력이 그만큼 중요하다는 것이지요. 그런데 살다 보면 에디슨이 말하지 않은 더 중요한 것이 있다는 생각이 들기도 합니다. '1퍼센트의 영감이 99퍼센트의 노력보다 더 중요하다'는 것입니다. 보통 사람인 제가 영감을 가진 사람을 따라가는 것이 영 쉽지 않더라고요.

영감이라는 것은 창조적인 일의 계기가 되는 기발한 착상이나 자극을 말합니다. 그런데 창의적인 아이디어가 매일매일 자신이 떠올리고 싶을 때 떠오르나요? 아닐 것입니다. 그래서 영감은 하늘의 소관이요, 타고난 것이라 할 수 있습니다. 자신이 어떻게 할 수 있는 것이 아니라는 말이지요.

따라서 어쩌다 생각나는 영감에 비중을 두게 되면 스스로의 노력이 빈약해집니다. 영감이 아무리 중요하다고 하더라도 노력에 비중을 두고 살아야 하는 이유가 바로 거기에 있는 것입니다.

고스톱을 칠 때 하는 말 중에 운칠기삼運七技三이 있습니다. 고스톱을 치는 기술이 아무리 좋아도 운이 받쳐 주지 않으면 아무 소용이 없다는 말이지요. 아무리 좋은 패를 들고 있어도 뒤집었을 때 나오는 패가 좋지 않으면 이기기 어려운 겁니다. 반면에 좋지 않은 패를 들고 있다 해도, 뒤의 패가 잘 붙으면 이길 수 있습니다.

하지만 우리가 명심해야 할 중요한 것이 있습니다. 뒤의 패가 붙고 안 붙고 하는 운은 내 소관이 아니라는 것입니다. 인생을 어떻게 운에만 맡기고 살려 합니까? 내 인생이니 내 노력에 따라 사는 게 올바른 것이지요. 아무리 하늘이 도와주어도 내가 할 노력은 해야 하는 겁니다.

사람이 살아가는 데 희로애락喜怒哀樂이 교차하는 것은 당연합니다. 기쁠 때가 있으면 슬플 때가 있고, 화가 날 때가 있으면 즐거울 때가 있는 법입니다. 마찬가지로 한 번 운이 좋았다고 해서 계속 운이 좋은 사람도 없고, 한 번 일을 그르쳤다고 해서 계속 불운만 겪는 사람도 없습니다.

세상은 돌아가는 원리가 있습니다. 하늘은 왜 사막에는 비를 안 내려 줘서 땅이 말라 가게 하고, 밀림은 그만 내려도 되는 비를 자꾸 내려 줘서 수풀이 무성하게 만들까요? 사막에도 비를 자주 내려 주면 옥토가 될 텐데 말이에요.

아마도 하늘은 이렇게 반문할 겁니다.

"땅에 마중물이 있어야 비를 내리지, 이미 말라 버린 땅에 어떻게 많은 비를 내립니까?"

땅이 마르면 하늘도 마릅니다. 반대로 땅이 촉촉하면 하늘도 물을 주는 거예요. "하늘은 스스로 돕는 자를 돕는다"는 말이 그냥 나온 것이 아닙니다. 하늘 탓을 하지 마세요. 복 있는 사람에겐 복이 따라오지만 복 없는 사람에게는 복도 그냥 지나갑니다.

그렇다면 어떤 사람이 복을 타고난 사람일까요? '나는 복 있는 사람'이라고 생각하는 사람입니다. 그렇게 살아가는 사람에게 복이 생깁니다. 자신에게 복이 있음을 믿고 사는 것은 무척 중요합니다. 땅의 복이 하늘의 복을 가져오기 때문입니다.

하늘은 스스로 돕는 자를 돕습니다. 노력은 하지 않은 채 하늘만 바라보면 안 됩니다. 도박, 복권, 경마, 카지노 등을 해서 잘된 사람이 있나요? 한순간은 잘될 수 있지만 삶의 마지막이 잘 마무리될 수는 없습니다. 요행에 인생을 걸고 사는 사람이 있다면, 얼른 바꾸십

시오. 노력하는 삶이 진정한 인생입니다.

**가만히 스스로를
안아 주는 말**

──────

'코이KOI'라는 특이한 물고기가 있습니다. 이 녀석을 어항에 가둬 놓고 키우면 10센티미터 정도 자랍니다. 그런데 연못에 넣고 키우면 30센티미터까지 자라고, 강물에 풀어놓으면 1미터까지도 커집니다.

인생도 이와 같습니다. 주어진 환경에 따라 크기가 달라집니다. 그 환경은 사람이 만드는 겁니다. 운에 기대지 말고 스스로의 노력으로 자신의 삶을 만들어 보세요.

안개 낀 날, 자동차를 운전해 본 적이 있나요? 언제 걷히는지 답답해하다가도, 해가 뜨고
나면 안개는 금방 사라집니다. 인생은 안개입니다. 하루하루 사는 것이 길게 느껴지겠지만,
살아 보면 금방입니다. 안개처럼 짧은 인생 활기차게 사세요.

2

행복,

내가 살아가는 이유

어퍼컷을
안 맞으려면

　어떤 일을 지시했을 때, 일단 한번 해 보겠다며 열심히 노력하는 사람이 있는가 하면, 반면에 그것에 대해 할 수 없는 갖가지 핑계거리를 대는 사람이 있습니다. 핑계는 잘못을 자신의 탓이라 하지 않고, 남의 탓으로 돌리려는 못된 습성입니다.

　습관적으로 핑계를 대는 사람이 있습니다. 3시까지 만나기로 약속을 해 놓고는 3시 30분에 도착했습니다. 약속 시간이 지나가 버렸지만 그는 "늦어서 미안해"라고 사과하지 않습니다. 변명을 늘어놓기에 급급합니다.

　"차가 왜 이렇게 막히는지 몰라."

　집에서 늦게 나온 자신의 잘못은 인정하지 않고, 오히려 애꿎은 버스만 탓하는 것입니다. 조금만 일찍 집에서 나섰어도 약속 시간에

늦지 않았을 텐데 말입니다.

사람인 이상 살면서 잘못하거나 실수할 수는 있습니다. 그러나 그걸 그대로 인정하는 사람이 진짜 용기 있는 사람입니다.

"늦어서 죄송합니다. 다시는 그러지 않겠습니다."

"제가 잘못 판단했습니다. 미안합니다."

한번 사과를 하게 되면, 다시는 사과할 일을 만들지 않습니다. 사과를 안 하기 때문에 계속 사과해야 하는 일이 생기는 겁니다.

핑계를 대지 않는 것은 부모 자식 간에도 절대적으로 지켜져야 합니다. "부모는 절대 잘못이 없고 무조건 자식이 잘못한 것이다"라고 말하는 사람들이 있습니다. 하지만 이건 잘못된 사고방식입니다. 아버지라도 실수하고, 어머니라도 잘못할 수 있다는 것을 인정해야 합니다. 때에 따라서는 잘못에 대해 자식에게 사과도 해야 합니다.

아버지가 술이 취한 채로 들어와서는 자녀를 때렸습니다. 그러고는 나중에 술이 깬 후에 민망한 마음에 이렇게 변명합니다.

"네놈이 이 애비 맘을 속상하게 해서 그런 거야."

이러면 정말 안 됩니다.

"아들아, 정말 이 애비가 술에 취해서 해서는 안 될 짓을 했구나. 이번 일은 내가 정말 잘못했다. 용서해 다오."

이것이 올바른 아버지의 모습입니다. 이런 사과가 아버지의 권위

를 실추시키는 것이 아니라, 오히려 아버지의 인간됨을 부각시키는 결과를 낳습니다. 자신의 잘못을 인정하는 아버지는 다시는 자식 앞에서 잘못하지 않습니다. 그걸 인정하지 않기 때문에 계속해서 잘못을 저지르는 것입니다. 그리고 자신이 저지른 잘못을 시인하는 것이 잘못 그 자체보다도 중요합니다.

한 연예인이 텔레비전 토크쇼에 나와 자신의 아내 이야기를 하는 걸 보게 되었습니다. 아내의 언니, 즉 처형이 어려운 형편에 있었는데 동생인 아내는 그걸 보고만 있을 수 없었답니다. 전업주부였던 처형이 돈을 빌리기가 여의치 않자, 아내는 자신이 보증을 서 주었습니다. 돈을 빌려주는 사람들도 남편이 연예인인지라 그걸 믿었습니다.

그런데 돈을 갚아야 할 처형이 갑자기 사라져 버렸습니다. 채권자들은 보증을 섰던 아내에게 돈을 갚으라고 채근했습니다. 이때 남편에게 모든 걸 털어놓고 이야기를 했다면 힘들더라도 해결은 되었을 것입니다.

하지만 아내가 잘못된 판단을 했습니다. 남편이 그 사실을 알자 자신의 잘못을 변명하기에 급급했습니다. 그리고 금액도 줄여서 이야기했습니다. 금액을 한꺼번에 전부 이야기하면, 남편이 너무 놀라 극단적인 선택을 할 수도 있겠다고 생각한 거지요. 남편이 다시는 그런 일을 하지 말라면서 아내가 말한 그 금액을 다 갚아 주었습니다. 일단 위기는 넘긴 듯했습니다.

하지만 몇 달 뒤, 또다시 채권자들의 빚 독촉이 시작되었습니다. 남편이 묻자 아내는 자신이 해결할 수 있을 줄 알고 거짓말을 했다고 고백했습니다. 그 돈은 10년 이상을 벌어도 다 못 갚을 정도의 큰 금액으로 불어나 있었습니다. 호미로 막을 것을 가래로 막게 된 셈입니다. 결국 그 부부는 이혼하고 말았습니다.

다시 한 번 말씀드리지만, 사람인 이상 대부분은 잘못이나 실수를 합니다. 그런데 그 잘못에 대해 지적당하고 혼날까 봐 또 다른 변명을 하면 안 됩니다. 나중에 가서는 그 핑계로 인해 더 잘못될 수가 있습니다.

권투를 할 때 상대방을 향해 본격적으로 공격하기 전에 안면이나 몸통을 가볍게 연타하는 것이 있는데, 이걸 잽이라고 합니다. 권투 경기에서 잽을 안 맞을 수는 없어요. 하지만 잽은 맞았다 하더라도 쓰러지지 않습니다. 정신만 제대로 차리면 괜찮습니다.

하지만 이 잽을 맞았다고 흥분해서 정신을 차리지 못하면 상대방은 턱 아래에서 위로 올려 치는 강력한 어퍼컷 공격을 합니다. 이걸 허용하게 되면 아무리 맷집이 좋은 사람이라도 그대로 나가떨어지게 됩니다. 어퍼컷을 안 맞으려면 잽 맞는 걸 인정해야 합니다.

잘못을 바로 인정하지 않고 핑계를 대면 위기는 잠깐 모면할 수 있습니다. 하지만 그로 인한 후폭풍은 결코 감당할 수 없게 될 것입니다. 그 후에는 결코 재기할 수 없습니다. 더 나아가 인생이 구차해 질 수도 있습니다. 이미 신용을 잃어버렸을 테니까요.

용기 있는 사람으로 멋진 인생을 살고 싶다면 더 이상 핑계거리를 찾지 말고, 당당하게 자신의 잘못을 인정하세요. 그래야 나중에 더 클 수 있는 밑바탕이 되고, 더 행복한 인생을 살 수 있습니다.

가만히 스스로를
안아 주는 말

돈이 없다, 시간이 없다, 능력이 없다고 하지 마세요. 모든 것을 완벽하게 갖추고 시작하는 경우는 거의 없습니다. 어떠한 경우라 도 일단 용기 있게 시작해 보세요.

수도 없이
찾아오는 도전

요즈음 공무원 시험의 경쟁률이 어마어마하더군요. 저희 집 주변에 있는 중학교에서도 1년에 두세 차례씩 시험이 치러지는 걸 보곤합니다. 시험장을 털레털레 나오는 많은 수험생들이 말하더군요.

"이번 시험 진짜 어려웠어."

하지만 정말 시험이 어려웠을까요? 그렇게 시험이 어려운 데도 합격자가 나오는 이유는 뭘까요?

"시험이 어려웠다"가 아니라 "내 실력이 부족했다"는 것이 더 정확한 말입니다. 진짜 실력이 있는 수험생은 아무리 시험이 어렵더라도 문제를 잘 풉니다. 심지어는 자신만 알고 다른 수험생들은 모를 것이라는 생각에 싱글벙글 웃어 가면서 문제를 풉니다. 시험 문제가 쉬우면 오히려 짜증을 냅니다. 실력이 부족한 다른 수험생도 그 문제를 풀 수 있을 테니까요.

사업하다가 부도가 나는 경우가 있습니다. 이런 경우에 사업가는 '돈이 없어서' 회사가 부도를 맞았다고 말합니다. 하지만 더 정확하게 말하자면 '벌어들이는 돈이 부족해서' 부도가 난 것입니다. 아무리 빚이 많아도 돈을 더 벌면 회사는 결코 부도가 나지 않습니다. 그러므로 빚이 많아서 부도가 난 것이 아니라, 규모에 맞는 벌이가 부족해서 부도가 난 것이라는 것이 더 정확한 표현입니다.

산이 높아서 오르기가 힘들다고 말하는 사람이 있습니다. 아닙니다. 그 사람은 산에 오를 힘이 부족한 것입니다. 진정한 산악인은 해발 1,000미터도 안 되는 북한산은 쳐다보지도 않습니다. 그들 눈에는 8,000미터가 넘는 에베레스트 산만이 보일 뿐입니다.

사람들은 육체적 · 정신적으로 지쳤을 때 '번아웃burn out' 되었다고 표현합니다. 몸의 에너지가 완전히 소진되었다는 뜻입니다. 하지만 이것 또한 '공급되는 에너지가 부족하다'라고 표현해야 더 정확합니다. 내가 쓰는 힘이 아무리 많다고 하더라도 외부로부터 나에게 공급되는 에너지가 더 많으면 지치지 않을 테니까요.

살다 보면, 내가 무언가에 도전하는 경우도 있지만 외부의 도전에 맞서야 하는 경우가 대체로 많습니다. 스스로 도전하는 것은 중간에 포기해도 그만이고, 내 자신의 결정에 달려 있습니다. 하지만 외부에서 도전이 오는 것은 어쩔 도리가 없습니다. 외부의 힘에 대응하는 것은 오로지 내 소관입니다.

내 스스로 외부를 향해 싸움을 거는 것을 도전이라 한다면, 외부의 도전에 맞서 싸우는 것은 응전입니다. 인생은 도전과 응전의 연속입니다. 아무리 외부의 힘이 세더라도 응전하는 힘이 더 세면 이깁니다. 반면에 아무리 외부의 도전이 약하다고 하더라도 응전이 더 약하면 질 수밖에 없습니다. 그래서 외부로부터의 도전이 힘들고 어렵다고만 하지 말고, 이에 맞서 싸우는 응전의 힘을 더 튼튼하게 길러야 하는 것입니다.

요즈음 경기가 어렵다고 불평을 터뜨리는 사람들이 많습니다. 하지만 이처럼 어려운 경기침체 상황에서 잘 풀어 나가는 사람도 있지 않나요? 그래서 경기가 어렵다고만 하지 말고, 경기를 잘 풀어 나가는 사람을 통해 그 노하우를 배우면 됩니다.

직장 생활에서도 나이가 들수록 자리가 한정되어 있어 승진이 힘들다고 말하는 사람들이 있습니다. 그럼에도 누군가는 승진을 하잖아요? 그 사람은 어떻게 승진을 했는지 알아내 그 방법을 따라해 보면 됩니다.

가끔 이런 하소연을 하는 남편들을 봅니다.

"이놈의 여편네가 얼마나 사나워졌는지 이길 수가 없어요."

이 말은 들은 저는 속으로 이런 생각을 합니다.

'마누라가 세진 게 아니라, 당신이 약해진 거야.'

상대방이 강한 것이 아니라 내가 약한 것입니다. 내가 더 강하면 상대방이 아무리 강하다 할지라도 충분히 이길 수 있습니다. 결국 상대방을 탓하지 말고, 부족한 나를 탓해야 합니다.

우리나라에서 불합리한 것을 보면 이렇게 반응하는 사람이 있습니다.

"에이, 이놈의 나라 더 이상은 못 살겠어. 이민이나 가 버려야지!"

선진국이라고 하는 미국이나 영국, 프랑스 등은 불합리한 것이 없을까요? 그 나라가 선진국이 된 것은 불합리한 것에 대해 불평하고 회피하기보다는 더 나은 사회를 향해 계속해서 헌신하고 노력한 사람들 덕분이 아닐까요?

세상이 더럽습니까? 맞아요, 더러워요. 세상이 아름답습니까? 이 것도 맞아요, 정말 아름다워요. 이처럼 세상은 보는 시선에 따라 더럽기도 하고 아름답기도 합니다. 더럽다고 말한 사람은 세상을 더럽게 본 것이고, 아름답다고 말한 사람은 세상을 아름답게 본 것입니다. 세상은 좋은 부분도 있고 안 좋은 부분도 있으니까요.

우리나라는 미국 한 주의 면적에도 못 미치는 작은 땅덩어리에 불과합니다. 하지만 그렇게 작은 나라라도 무언가를 혼자서 바꿀 수 있을 만큼 호락호락하지도 만만하지도 않습니다. 무슨 수로 이 나라의 모든 것을 바꾸겠어요?

하지만 한 귀퉁이 정도는 바꿀 수 있습니다. 그렇게 서서히 바꾸어 가면 됩니다. 우리나라가 불합리하다고 불평만 하지 말고 더 나은 세상으로 향하도록 나의 시선을 바꾸어야 합니다. 그렇게 하면 비로소 나로 인해 세상이 바뀌게 됩니다.

간암에 걸린 사람이 있었습니다. 의사에게서 말기라는 판정을 받았습니다. 이제 그의 목숨은 길어야 한 달 정도 남았습니다. 될 대로 되라는 자포자기의 심정이 들었습니다.

하지만 병원 문을 나서는 그에게 길가에 서 있는 푸르고 푸른 나무들이 눈에 들어왔습니다. 그전에는 자신에게 아무런 의미가 없던 나무들이었습니다. 정말 그 나무들이 눈물이 날 정도로 부러웠습니다. 그러고는 그 나무들만큼이나 살고 싶다는 강렬한 소망이 생겼습니다. 나무를 보고, 삶에 대한 애착을 갖게 된 것이었습니다.

이후 그는 생각을 고쳐먹었습니다.

'나는 살 수 있다!'

그리고 주변 사람들에게도 "나는 살 수 있어!"라고 말하고 다녔습니다. 음식 하나하나도 가려서 먹었습니다. 생각과 말과 더 나아가 행동 하나하나까지도 '죽음'이 자신에게 접근하지 못하게 하려고 안

간힘을 썼던 것입니다.

간암 말기 판정을 받은 지 이제 10년이 지났습니다. 그 사람은 지금도 살아 있습니다. 그렇다고 암이 없어진 것도 아닙니다. 처음 발견한 상태 그대로 그 사람 몸속에 있습니다. 이걸 '암의 동면'이라고 말한답니다.

이전에는 암이 활동하게끔 생각하고 살았었지만, 이제는 암이 활동하지 못하도록 생각과 행동양식을 바꿨기 때문에 가능한 것입니다. 이런 사람에게는 암도 힘들어서 활동을 하지 못하는 것입니다.

몸에 병이 있습니까? 어떤 사람은 살지만, 어떤 사람은 죽습니다. 병에 걸린 것도 잘못이지만, 병에 대한 응전을 잘못한 것은 아닌지 되돌아봐야 합니다.

그렇다면 수도 없이 찾아오는 도전에 어떻게 응전하며 살아야 할까요? 행복함으로 응전해야 합니다. 좋은 일이 많아서 행복한 게 아닙니다. 행복은 마음에서 나옵니다.

겉으로 보기에 어느 정도 성공했고, 방송에도 나오고 그러니 예전보다 행복할 거라고 하는 말을 많이 듣습니다. 그런데 사실 저는 20여 년 전 사례비(월급과 같은 개념)를 6만 원 받았을 때도 행복했습니다. 이 말을 잘 이해해 주셨으면 합니다. 저라고 왜 힘들고 지칠 때가 없겠어요? 하지만 저는 앞으로 더 행복하게 살 것입니다.

인생을 살면서 어려움을 겪지 않을 수는 없습니다. 어려움을 당했다고 마냥 힘들어만 하겠습니까? 누군가는 그보다 더 큰 어려움을 잘 이겨 냈습니다. 어려움을 이겨 낼 방안은, 찾으면 보입니다. 도전에 맞서 당당하게 응전하는 삶을 살았으면 합니다.

가만히 스스로를
안아 주는 말

두 사람이 병원을 찾았습니다. 첫 번째 환자를 진찰한 의사가 말합니다.
"독감에 걸리셨네요."
그 말을 들은 첫 번째 사람은 갑자기 기침을 콜록거리며 더 아픈 시늉을 했습니다.
의사가 두 번째 사람을 진찰했습니다.
"폐암입니다."
옆에서 이 말을 들은 첫 번째 사람이 두 번째 사람에게 이렇게 말할 수 있을까요?
"자네는 독감에 안 걸려 봐서 내가 지금 얼마나 아픈지 몰라."
폐암 앞에서 독감은 '그까짓 것'이 되고 맙니다. 도전이 들어오면 그까짓 것으로 만들어 보세요.

내 옆에 있을
가장 소중한 사람들

지구상에는 70억 명의 사람들이 살고 있습니다. 우리가 살고 있는 아시아에 43억 명이 있고, 아프리카에 10억 명, 유럽에 8억 명, 북미에 5억 명, 남미에 4억 명이 살고 있습니다.

이렇게 많은 사람들 중에서 지금 누가 가장 보고 싶나요? 그리고 누구를 가장 사랑하나요? 이 질문에 많은 사람들이 아마도 "가족"이라고 대답할 것입니다. 저는 이 대답이 가장 보편적이라고 생각합니다.

내 가족보다 잘난 사람들은 많이 있습니다. 돈을 많이 벌어다 줘서 윤택한 생활을 할 수 있게 해 주는 사람도 있고, 이름을 널리 알려서 명예를 높이는 사람도 있습니다. 그럼에도 가족이 가장 보고 싶고 가족을 가장 사랑할 수 있는 이유는, 오랜 세월 동안 함께 밥 먹고 함께 자고 함께 지냈기 때문입니다. 그러는 사이에 미운 정 고운 정이 이미 쌓였습니다. 그 시간을 절대 무시할 수 없습니다.

요즈음 여러 가지 사정 때문에 혼자서 사는 사람이 많아지는 추세입니다. 혼자 사는 사람과 가족과 함께 어울려 사는 사람은 어떤 점이 다를까요?

일단 혼자 살면 세상 살아가는 게 편합니다. 아무래도 돈도 덜 들어가고, 신경 쓸 것도 많이 줄어듭니다. 늦잠을 자더라도 뭐라 하는 사람이 없어 좋습니다. 하지만 안 좋은 점도 한두 가지가 아닙니다. 출근을 해야 하는 입장이라면 깨워 주는 사람이 없으니 아무래도 지각할 확률이 높습니다. 밤늦게 누군가와 대화를 나누고 싶으면 다른 사람에게 연락을 하고 시간을 정해 만나야 하는 불편함도 있습니다.

특히 몸이 아프면 돌보아 줄 사람이 없어서 서러움을 느낄 수도 있습니다. 그럴 때는 '내가 왜 이렇게 살아야 하지? 누구를 위해 사나?' 하는 생각이 들기도 할 것입니다. '내가 죽으면 누가 나를 거두지?'라는 생각에 밤잠을 이루지 못할 수도 있습니다. 가족과의 왕래가 없이 혼자 생활하는 사람들이 죽은 지 몇 개월이 지나 발견되거나 심지어는 몇 년 만에 시신을 수습했다는 기사를 심심치 않게 볼 수 있으니까요.

가족과 함께 산다면 조금은 불편할 수는 있지만 위에 열거한 것들을 걱정할 필요는 없습니다. 물론 남보다 못한 가족이라면 해당 사항이 없겠지요. 하지만 인생이 잘못되었다고 해서 태어난 것 자체가

잘못이 아니라 제대로 살지 못한 것이 문제이듯이, 가족 간의 관계도 가족의 존재가 문제가 아니라 좋은 가족이 되도록 노력하지 않은 것이 문제입니다.

그러면 좋은 가족이 되려면 어떻게 해야 할까요?

첫째로는 부모에게 순종하는 자녀가 되세요. 부모가 충고를 할 때 "내 인생은 내가 알아서 살아요" 하며 말대꾸를 하지 않았으면 합니다.

둘째로는 부모를 공경하세요. 부모는 내 생명의 근원이기 때문입니다. 이 세상에 부모 없이 태어난 자식은 아무도 없습니다. 자식은 부모를 그 자체로 공경해야 합니다. 내 부모이기 때문에 공경하는 것이지, 공경받을 만한 행동과 모습을 보여 주었기 때문에 공경하는 것이 아닙니다. 자식을 위해 뭘 해 주었는가는 그다음의 문제입니다.

부모에게 효도했지만 자식이 잘 안된 경우와 부모에게 불효했지만 자식이 잘된 경우, 어느 것이 나을까요? 부모의 마음은 후자입니다. 「공공의 적」이라는 영화를 보면, 자식이 돈에 눈이 멀어 부모를 칼로 찔러 죽입니다. 어머니를 칼로 찌르는 과정에서 아들의 손톱이 떨어져 나가는데, 어머니는 죽으면서까지 아들의 손톱을 삼킵니다. 잡히면 그것이 범죄의 결정적 증거가 될 테니까요. 이것이 부모의 마음입니다.

제 부모님이 세상에게 제일 훌륭한 부모가 아니라는 사실은 저도 잘 압니다. 사실 우리 동네에서도 제일 훌륭한 부모는 아니었습니다. 그렇지만 이 세상에서 저를 가장 사랑하시고, 저에게 모든 소망을 두고 사셨다는 것은 부인할 수 없습니다.

부모가 잘해 줘서가 아니라 이런 마음을 가진 분들이 부모이기 때문에 효도하는 것입니다. 당신보다 자식이 잘되기를 바라는 것이 부모이기 때문에 공경하는 것입니다. 삶에서는 부족했을지라도 누구보다 자식에 대해 애처로운 마음을 가지는 것이 부모입니다.

자식만 부모에게 잘해야 되는 것은 아닙니다. 부모 또한 자식의 마음에 상처를 입혀서는 안 됩니다. 세상은 정신이 없을 정도로 빠르게 변화하고 있습니다. 거기에 맞춰 제대로 대처하지 못하는 부모의 교훈은 자녀에게 해가 될 수도 있다는 것을 알아야 합니다. 나무도 결을 따라 자라듯, 자녀도 타고난 소질에 따라 키워야 합니다. 그런데 머릿속에 박힌 고정관념대로 키우려는 부모가 있습니다.

제가 아는 사람 중에 천재 소리를 들으며 자란 분이 계십니다. 그분은 머리가 좋으니까 소위 말하는 '사' 자 들어가는 직업을 가지고 있습니다. 자식 또한 아버지의 유전적 영향으로 머리가 좋고 공부도 잘했습니다. 그래서 아버지는 아들에게 자신의 뒤를 이어 그 직업을 갖기를 강요했습니다. 자식은 그 직업을 가질 수 있는 능력도 충분히 있었습니다. 그런데 자식은 그 직업 대신에 연예인이 되고 싶어

했습니다.

그러면 어떻게 하는 게 옳을까요? 일단은 자식이 그것을 하도록 내버려 두었다가 나중에 설득할 수도 있을 겁니다. 그런데 그 아버지는 자식의 꿈을 그대로 눌러 버렸습니다. 방에 가두고는 나오지도 못하게 한 것입니다. 그 충격으로 아이는 그만 정신 줄을 놓았습니다. 그리고 끝내는 자살을 하였습니다.

왜 이런 일이 벌어졌을까요?

아버지가 보기에 아무리 어린아이에 불과하다 하더라도 저런 식의 대처는 자식의 마음에 상처를 줍니다. 잘못해서 혼나는 상처와 아무런 잘못 없이 혼나는 상처는 다릅니다. 길을 제대로 찾아가도록 알려 주는 것도 중요하지만, 가야 할 길을 찾아서 가는 아이를 응원하는 것도 중요합니다. 자식을 노엽게 하지 마세요. 자식이라고 해서 함부로 할 수 있는 게 아닙니다.

'엄부출효자 엄모출효녀嚴父出孝子 嚴母出孝女'라는 말이 있습니다. 엄한 아버지는 효자를 길러 내고, 엄한 어머니는 효녀를 길러 낸다는 뜻입니다. 자식을 키울 때 가졌던 제 생각이었습니다. 이것 때문에 제 자식들이 많이 힘들었을 것입니다. 옛날에는 그 방식이 맞았을지 모르지만 세상은 변했으니까요.

가족은 마지막까지 내 옆에 있을 사람이기에 가장 소중한 사람들입니다. 서로서로 사랑하는 가족이 되었으면 합니다.

가만히 스스로를
안아 주는 말

─────

부모 입장에서 보면 자식은 항상 어립니다. 하지만 부모가 그 나이였을 때를 생각해 보세요. 그때의 자신보다 훨씬 나을 수도 있습니다.

나는
된다

지인 중에 말기 암에 걸린 분이 있습니다. 몸 안에 있는 장기 중에 무려 8개를 떼어 냈습니다. 어떤 건 전부, 또 어떤 것은 부분적으로 떼어 냈습니다. 몸속을 들여다보면 휑합니다. 장기란 장기는 모두 떼어 냈으니까요. 하지만 지금도 그분은 건강하게 잘 살아가고 있습니다.

"모든 사람들이 다 죽는다 할지라도 나는 산다."

그분이 지금껏 살 수 있었던 이유입니다.

반면에 제가 아는 분들 가운데에는 초기에 암이 발견되었는데도 돌아가신 분들이 많습니다. "어떤 사람이 말기 암인데도 살았대요"라고 말해 주어도 이렇게 대꾸했습니다.

"그 사람은 별 볼 일 없는 암이었나 보네요. 그 사람은 살았는지 모르지만 나는 죽어요."

유전자는 내 의지에 반응합니다. 불가능하게 보이는 현실 앞에서 절대 약해지지 마세요. 모든 사람에게는 잠재된 능력이 있습니다. 그 사실을 깨달아야 성공할 수 있습니다.

돈을 많이 벌고 싶으신가요? 그럼 아래와 같이 해 보세요.

'지금까지 번 돈보다 이후에 벌 돈이 훨씬 많을 거야!'

이 말을 마음에 품고 믿으세요.

지금 현실에서는 돈이 별로 없더라도 조만간 그렇게 될 것입니다. 지금 내 주머니에 돈이 있다고 영원히 내 돈이고, 남의 주머니에 돈이 있다고 영원히 남의 돈이 아닙니다. 돈은 돌고 돕니다. 믿어 보세요. 그렇게 될 것입니다.

현실에 매몰되지 마세요. 현실은 빙산의 일각일 뿐입니다. 보이지 않는 세상을 믿어야 합니다. 바라는 것이 안 이루어진다고요? 소망을 품기는 했나요?

혹시 대통령이 되고 싶다는 꿈을 꾼 적이 있나요? 이미 안 될 것이라고 생각했기에 바라지도 않았고 그래서 결국 이루어지지 않은 것이 않은가요? 소망을 가진다는 것은 그렇게 될 수 있다는 말입니다.

10여 년 전에 헬스장에 운동을 하러 간 적이 있습니다. 할아버지한 분이 역기를 손쉽게 들었다 놓았다 하시더라고요. 마음속으로 생각했습니다.

"저렇게 나이가 많은 할아버지도 하는데, 내가 못할까?"

자신만만하게 역기를 들려고 했습니다. 그런데 안 들어졌습니다. 그때 옆에 있던 사람이 말하더군요.

"저 할아버지 20년째 운동하는 분이에요."

나이 들었다고 힘이 없는 게 아니고, 젊다고 힘이 남아도는 게 아닙니다. 꾸준한 운동으로 다져진 몸은 누구도 따라갈 수 없습니다. 인간의 잠재력은 계발되기만 하면 무궁무진하다는 말입니다.

일반적으로는 젊은 사람이 돈을 잘 법니다. 물론 꼭 그런 건 아닙니다. 돈을 잘 버는 노인도 있으니까요. 또한 젊은이임에도 돈을 못 버는 사람이 있고, 노인이니까 돈을 못 버는 사람도 있습니다. 중요한 건 나이가 아니고, 현역이냐 퇴직했느냐가 아니고, 자신의 잠재력을 믿고 있는가 여부입니다. 무궁무진한 잠재력을 잘 사용하면서 사느냐, 그 잠재력을 묻어 두고 살아가느냐의 차이입니다. 잠재력은 하루아침에 초능력처럼 나오는 것이 아닙니다. 꾸준히 갈고 닦아야 합니다.

그러면 잠재력을 잘 발휘하려면 어떻게 해야 할까요? 일단 어떤 분야에서 성공하려면 공부하고 노력하는 사람이 되어야 합니다. 대책 없이 막연히 늙어 가지 마세요. 몸부림을 쳐 가면서 무엇인가를 위해 노력하는 아름다운 사람이 되세요.

또 다른 직업도 염두에 두어야 합니다. 내가 할 수 있는 일이 또 없는가를 세밀히 살펴보는 자세가 필요합니다. 하나의 직업으로 안 되면, 투잡 더 나아가 쓰리잡까지 할 수 있도록 노력을 해 보세요. 잘나갈 때에는 어려울 때를 대비해 항상 준비해야 합니다.

그리고 나만의 브랜드를 만드세요. 절대 포기하지 마세요. 인생은 마라톤이니까요. 결승선에 들어가 봐야 아는 것입니다. 자신의 페이스에 맞춰 가다 보면 먼저 갔던 사람들이 지쳐서 자빠져 있는 걸 보게 되는 경우가 많습니다.

마지막으로 잘못된 과거에 너무 집착하거나 연연해하지 마세요. 인생을 살면서 어떻게 매번 성공만 하고 매번 잘하겠어요? 야구선수도 3할을 치면 잘 치는 선수로 간주합니다. 10번 중에 3번만 성공하고, 7번은 실패했다는 말입니다.

기생충 박사가 말하길, 우리 몸에는 기생충이 살고 있어야 저항력이 생기고, 알레르기 등이 생기지 않는다고 합니다. 몸속이 너무 깨끗하면 자가면역질환이 증가한다고 합니다.

이렇듯 몸속에 기생충이 필요하듯, 인생에서는 실패도 필요한 법입니다. 살아오는 동안 돈 떼먹히지 않은 사람이 어디 있고, 시험에 안 떨어진 사람이 어디에 있습니까? 그러나 이후 이러한 경험이 유

용하게 됩니다. 실패를 두려워하지 마세요. 실패에 얽매이다 보면 잠
재력이 나오지 않습니다.

저에게 말을 잘한다고 하는 분들이 많습니다. 저는 원래 말을 잘
하는 사람이 아니었습니다. 하지만 끊임없이 노력했습니다. 그 결과,
지금은 기가 센 사람들만 모인다는 방송국에도 자주 드나드는 사람
이 되었습니다.

사람의 차이는 능력의 차이가 아닙니다. 능력을 밖으로 나타내느
냐 나타내지 못하고 그냥 묻어 두느냐의 차이일 뿐입니다. 모든 사
람에게 능력은 있습니다. 그것을 표출하세요.

가만히 스스로를
안아 주는 말

제2차 세계대전 당시, 히틀러는 600만 명의 유대인을 학살했습니다. 붙잡힌 유대인들이 살아서 고향에 돌아갈 확률은 1퍼센트도 되지 않았습니다.

그 가운데에서 약혼자와 헤어져 수용소에 갇힌 사람이 있었는데, 그는 늘 "나는 반드시 살아서 그녀와 결혼할 거다"라고 말하곤 했습니다. 전쟁이 끝난 뒤, 그는 정말로 고향으로 돌아가 약혼자와 성대한 결혼식을 올렸습니다.

살아야 하는 이유가 있는 사람은 그 어떤 상황도 견뎌 낼 수 있는 법입니다.

얼굴 좀
펴고 다니세요

사람은 희로애락에 따라 표정이 달라집니다. 항상 웃는 사람을 보면 아픈 경우가 없고, 항상 찡그리고 다니는 사람은 건강하기가 쉽지 않습니다. 마음속에 기쁨이 있고 감사와 희망이 있는 사람의 인생은 피어납니다. 성공한 사람들을 보면 표정이 밝고 항상 긍정적으로 생각합니다. 반대로 마음속에 슬픔과 절망이 있고 미움과 고통이 있으면, 표정도 안 좋아지고 건강도 안 좋아집니다. 그런 사람은 대체로 일이 잘 풀리지 않습니다.

마음을 편히 갖지 못하고 걱정하는 것을 '염려念慮'라고 합니다. 근심으로 인해 마음이 여러 갈래로 나뉘어졌다는 뜻입니다. 마음이 갈라졌다는 말은 집중할 수 없다는 말과 일맥상통합니다. 그러니 염려를 마음에 담아 두지 마세요. 한 가지를 염려하면 그로 인해 다른 일에도, 더 나아가 인생 전체에도 영향을 미치니까요.

그럼 뭘 염려하지 않아야 할까요?

본질을 두고 현상 때문에 염려하지 말아야 합니다. 목숨이 본질이고, 옷·돈·외모 등은 현상입니다. 키가 작아서 고민인가요? 머리가 자꾸 빠져서 걱정되나요? 자녀가 공부를 안 해서, 돈이 없어서 염려되나요? 남편이 바람을 피워서, 사업이 신통치 않아서, 아내가 속을 썩여서 신경 쓰이나요?

이런 한두 가지 염려 없는 사람이 있을까요? 사실 죽으면 이런 염려는 하지 않아도 됩니다. 그렇다고 해서 죽기를 바랄 수는 없잖아요? 중요하지 않은 것에 매달려 너무 걱정하다가는 정작 중요한 것을 놓칠 수 있습니다.

왕년에 유명했던 영화배우 중에 율 브리너가 있었는데, 머리카락이 전혀 없는 대머리였습니다. 하지만 그는 멋진 연기력을 선보이며 대중들에게 큰 사랑을 받았습니다. 그는 머리카락이 없다고 주눅 들거나 걱정하지 않았습니다. 오히려 자신의 머리스타일을 '율 브리너 룩'이라고 명명하며 강인한 남성의 표상으로 이미지화 시켰습니다.

물론 머리카락이 풍성하면 좋지요. 하지만 없다고 해서 그렇게 위축되거나 걱정할 필요는 없다는 말입니다. 직업상 머리카락이 없으면 안 되는 사람들은 가발을 쓰면 됩니다.

본질이 아닌 현상에 대해 염려가 많은 사람은 어떤 환경 속에서도 걱정을 합니다.

"이 행복이 언제 깨질까 걱정돼요."

흔히 말하길 '사서 걱정하는 사람'입니다.

주변을 보면 밤마다 잠을 이루지 못하는 사람들이 많습니다. 그 이유는 별것도 아닌 것에 의미를 두기 때문입니다. 물론 이렇게 항변할 수도 있습니다.

"이 일은 별것도 아닌 게 아니에요."

그런데 아무리 큰일이라 할지라도 어떤 사람은 잘 넘기기도 합니다. 결국 스스로가 문제인 것입니다. 문제인 것을 문제가 아닌 것으로 바꾸는 것, 그것이 능력입니다. 아무것도 하지 않으면서, 문제가 해결되지 않는다고 걱정만 하고 있는 것이 문제인 것입니다.

태권도를 할 때도 원활한 공격이 이루어지지 않으면 수시로 자세를 바꾸는 걸 보게 됩니다. 앞발차기를 하다가 먹히지 않으면 돌려차기로 공격하기도 합니다. 그래야 적절한 공격과 수비를 할 수 있기 때문입니다.

문제를 해결하지 못하는 사람들의 특징은 똑같은 생각과 행동을 고수한다는 것입니다. 그러니 한 가지 방법만 생각하지 말고, 다양한 해결 방법을 고민할 때 제대로 된 해결책이 보일 것입니다.

물론 도저히 해결할 수 없는 문제도 있습니다. 그런 것들은 그냥 그대로 받아들이세요. 그리고 그다음에 벌어질 상황을 생각해 보세요. 빚에 쪼들리게 되는 것인지, 명예가 실추되는 것인지 등을요. 그 상황의 해결책을 생각하면 되는 겁니다. 이 세상에 답이 없는 문제는 없습니다. 따라서 해결되지 못할 문제는 없습니다. 단지 어려우냐 쉬우냐의 차이가 있을 뿐입니다.

그러니 이제부터 염려, 근심, 초조, 불안 같은 것들을 버리세요. 굳이 염려를 하려거든 '오늘'에 대한 염려만 하세요. 지나가 버린 과거에 대해 염려한들 어떻게 달라집니까? 또한 아직 오지도 않은 미래에 대해 걱정하고 있으면 뭐가 달라집니까? '내일은 뭐해 먹지? 모레는 뭘 하지? 내년에는 어떻게 살지?' 이런 생각은 할 필요도 없습니다.

지난 일은 잊고, 내일 일은 걱정하지 말고, 오늘 하루를 긍정적으로 생각하며 살아보세요. 염려 속에 사로잡히면 되는 일이 없습니다.

스페인 어 중에 '케 세라 세라Que sera sera'라는 말이 있습니다. '무엇이 되어야 할 것은 결국 그렇게 되게 마련이다'라는 뜻입니다. 이것은 '어떻게든 잘 될 거야'라는 의미이지, '될 대로 되라'는 식의 자포자기가 아닙니다.

지금도 염려와 근심을 가지고 있다면 홀홀 털어 버리는 연습을 해 보세요. 그리고 오늘에만 집중해 보세요. 행복한 오늘이 쌓여 더 행복한 미래를 만들 것입니다.

가만히 스스로를
안아 주는 말

'하쿠나 마타타hakuna matata'는 스와질리 어로 '다 잘될 거야'라는 뜻입니다. 일이 잘 안되거나 불안한 마음이 들 때마다 마음속으로 조용히 반복해 보세요. 걱정이 사라져 버릴 것입니다.

성공보다도 실패보다도
더 중요한 것

이혼 법정에 부부가 섰습니다. 판사가 묻습니다.

"두 분은 왜 헤어지려고 합니까?"

이때 이렇게 말하는 사람은 없습니다.

"판사님, 이 사람 얼굴을 한번 보세요. 같이 살게 생겼는지."

대부분은 이렇게 말합니다.

"이 사람과는 성격이 안 맞아서 못 살겠어요."

성격은 곧 마음입니다. 이를 본질이라고 합니다.

그래서 결혼을 결심할 때에는 본질인 마음이 서로 맞는지를 봐야

합니다.

이런 노래가 있습니다.

얼굴만 예쁘다고 여자냐, 마음이 고와야 여자지.

이 사실을 모르는 사람은 없습니다. 그러나 노래를 실컷 불러 놓고는 여자의 얼굴이 예쁘면 모든 걸 용서합니다. 본질보다는 현상에 눈을 돌렸기 때문입니다. 하지만 얼굴이 전부는 아니라는 것을 얼마 안 가 깨닫습니다.

마음이 기쁘면 웃는 표정이 나타납니다. 하지만 웃는 표정을 드러낸다고 해서 반드시 마음이 기쁜 것은 아닐 수도 있습니다. 마음이 본질이라면 웃는 표정은 현상인데, 현상은 속일 수 있어도 본질은 속일 수가 없기 때문입니다. 그래서 웃음에는 비웃음, 쓴웃음, 가식웃음이라는 말이 있지만 비기쁨, 쓴기쁨, 가식기쁨이라는 말은 없습니다.

언젠가 강연을 하기 위해 미국에 머물렀던 적이 있습니다. 뉴욕에 있는 맨해튼에서 뉴저지로 넘어가야 하는데 길에 다리가 몇 개밖에 없어서 교통이 참으로 불편했던 기억이 있습니다. 우리나라 같으면 당장에 이미 수십 개의 다리를 설치했을 텐데 말입니다.

하지만 우리나라는 현상인 다리 빨리 만들기에만 치우치다 보니 본질인 튼튼한 다리를 만들지 못해 한 차례의 참사를 겪기도 했습니다. 본질에 충실한 미국의 다리는 무너진 적이 없습니다. 현상이 아니라 본질에 주목해야 합니다. 현상에 눈을 돌릴 때 문제가 생깁니다.

요즈음 경제적으로 어려워하는 사람들을 많이 볼 수 있습니다. 대출이자에 자녀교육비, 생활비 등은 올라가는데, 얇은 월급봉투는 몇 년째 제자리이니 그럴 수밖에요. 그래서 이 상황에서 빨리 벗어나고자 새벽부터 밤까지 쉴 새 없이 열심히 일하는 사람들이 많더라고요. 저 또한 같은 이유는 아니더라도 젊어서부터 참 열심히 일해 왔던 것 같습니다. 영어로는 이걸 투 두to do라고 합니다. 투 두는 현상입니다.

그런데 투 두에 집중하다 보면 간과하는 것이 있습니다. 바로 '나'라는 본질입니다. 투 비to be라고 합니다. 현상인 일을 열심히 좇다 보니, 본질인 나 자신을 망각하는 일이 발생하는 것입니다.

아무리 많은 일을 하더라도, 그에 따라 많은 돈과 명예를 얻는다고 하더라도 정작 '나'라는 존재보다는 중요하지 않습니다. 일과 업적이 바로 나에게서 나온 것이기 때문입니다.

돈을 한 달에 1000만 원 이상씩 번다고 합시다. 하지만 그 돈을 번 사람이 누구입니까? 바로 내가 번 것입니다. '돈'이라는 현상 때문에 본질인 '나'의 중요성을 망각하거나 상실해서는 안 됩니다.

아무리 크게 성공했을지라도 그 성공보다 내가 더 중요하고, 아무리 크게 실패했더라도 그 실패보다 내가 더 중요합니다. 그 사실을 잊어버려서는 절대 안 됩니다. 물론 성공하는 것은 중요합니다. 하지만 그것보다 내가 얼마나 더 중요한지 잊어버리는 잘못을 저지르면

안 됩니다.

인간은 어떤 것에 깊이 빠져 있다 보면 정작 중요한 것을 잊어버리는 경향을 보입니다. 모든 현상은 존재 속에서 나온다는 것을 절대 잊지 마세요. 성공과 실패라는 늪 속에 빠져 헤매며 살고 있지는 않은지요? 힘들 때 자신의 존재 가치의 중요성에 대해 느껴 보세요.

때로는 일을 늦추고, 멈추고, 때로는 휴식하면서 존재의 위대함을 느낄 때 새로운 의욕이 생깁니다. 그래야 아무리 큰 실패를 했더라도 나 자신이 더 중요하다는 것을 알고 다시 재기할 수 있습니다. 크게 성공해서 들떠 있는 것 또한 좋지 않습니다. 세상의 모든 업적이나 일보다 내가 더 크다는 것을 항상 기억하세요.

가만히 스스로를
안아 주는 말

"거지 같은 왕자가 좋은가요, 왕자 같은 거지가 좋은가요?"
이 질문에 어떤 대답을 하시겠습니까? 대부분의 사람들은 거지 같은 왕자가 더 좋다고 말합니다. 하지만 현실에서는 어떤가요? 번지르르한 왕자 같은 거지를 원하는 사람들이 더 많습니다. 꾸미는 것에 너무 신경을 쓰지 마세요. 겉이 화려하고 속이 텅 빈 것처럼 허망한 것은 없습니다.

조금의
차이

경마대회가 열렸습니다.

총성이 울리는 순간, 8마리의 말이 한꺼번에 출발선에서 튀어 나갔습니다. 기수는 제대로 앉지도 못한 채로 달립니다. 조금이라도 빨리 가기 위해서입니다. 그리고 결승선에 다다를 즈음 달리는 말에 더욱 채찍질을 합니다.

마침내 두 마리가 동시에 결승선에 들어왔습니다. 비디오 판독을 해 보니, 윗입술이 먼저 들어온 말이 있었습니다. 그 말이 1등이 되었고, 윗입술이 늦게 들어온 말이 2등이 되었습니다. 결국 1등과 2등의 차이는 입술 두께로 판가름되었습니다.

시간을 재어 보니 1500분의 1초였습니다. 똑딱하는 순간에 1초가 넘어가는 마당에 1500분의 1초는 차이라고 말할 수 없습니다. 하지만 그것이 1등과 2등 말을 가르는 것입니다.

얼마 전, 경마 대회에서 1등을 차지한 말이 팔렸습니다. 그 금액이 자그마치 240억 원이었습니다. 그리고 수말인 그 말의 1회 교미 비용이 1억 원입니다. 하지만 2등을 한 말은 사람들의 기억에서 사라져 버렸습니다.

'육상의 꽃'이라 불리는 100미터 경기에서 10초대를 뛰는 남자 선수는 많습니다. 이런 선수들은 별로 주목을 받지 못합니다. 그러나 9초대를 뛰는 선수는 굉장히 적습니다. 그러니까 그 선수는 꼭 필요한 것입니다. 1초를 줄이는 것, 그것이 바로 실력입니다.

사람들은 조금의 차이를 우습게 보는 경향이 있습니다. 하지만 조금의 차이 때문에 인생의 가치가 결정됩니다. 조금의 차이가 때로는 가치 있는 인생을 만들고, 때로는 가치 없는 인생을 만들기도 합니다.

"그 사람 별거 아냐!"

다른 사람의 성공에 대해 쉽게 평가하는 경솔한 사람이 있습니다. 하지만 이 별거 아닌 사람은 어디서든지 대접받으며 다닙니다. 정작 별거 아니라고 말하는 사람은 어떤 사람으로 살고 있나요?

요즈음 가수를 뽑는 오디션 프로그램이 인기를 끌고 있습니다. 이 프로그램을 보면, 아직 정식 앨범을 내지 않은 아마추어임에도 불구하고 기성 가수 못지않게 노래를 잘 부르는 사람들이 많이 있습니다. 가수라고 해서 어마어마하게 노래를 잘 부르고, 일반인이라고 해서 엄청나게 노래를 못 부르지 않는 것입니다. 종이 한 장의 실력 차이가 있을 뿐이에요. 그 조금의 차이가 가수가 될지 못 될지를 결정합니다. 그리고 그것이 앞으로의 인생을 결정합니다.

미국의 링컨 대통령은 "한 권의 책을 읽는 사람은 두 권의 책을 읽는 사람에게 지배를 받는다"는 말을 했습니다. 물론 비유적인 말이지만, 단 한 권 차이일지라도 엄청난 결과를 가져옵니다.

'도긴개긴'이라는 말이 있습니다. 윷놀이에서 '도'로 상대편의 말을 따라잡을 수 있는 거리나 '개'로 상대편의 말을 따라잡을 수 있는 거리나 별로 차이가 없음을 뜻하는 것입니다. 어차피 걸이나 윷, 모 등이 나오면 한 번에 따라잡을 수 있으니까요.

그런데 도가 두 번 나와야 개입니다. 좀 더 들여다보면 세밀한 차이가 있습니다. 한 칸이 남은 상황에서 마지막에 개가 나오면 말이 나와서 이길 수 있지만, 도가 나오면 잡힐 수밖에 없습니다. 이렇게 한 칸을 전진하지 못해 지는 경우도 많습니다. 결국 미세한 차이가 승패를 좌우하는 것입니다.

'실지호리 차이천리失之毫釐 差以千里'라는 말도 있습니다. 처음 머리카락만큼의 실수가 나중에는 1,000리나 되는 엄청난 잘못을 가져온다는 뜻입니다. 처음의 실수는 누구나 합니다. 하지만 그것을 바로잡는 것이 중요합니다. 조금 잘못되었을 때부터 고치지 못하면 나중

130

에는 돌이킬 수 없는 결과를 가져옵니다.

영화 「역린」을 보면 정조가 환관인 상책에게 중용 23장을 외우도록 명령하는 장면이 나옵니다. 이에 상책은 다음과 같이 읊습니다.

작은 일도 무시하지 않고 최선을 다해야 한다. 작은 일에도 최선을 다하면 정성스럽게 된다. 정성스럽게 되면 겉에 배어 나오고, 겉에 배어 나오면 겉으로 드러나고, 겉으로 드러나면 이내 밝아지고, 밝아지면 남을 감동시키고, 남을 감동시키면 이내 변하게 되고, 변하면 생육된다. 그러니 오직 세상에서 지극히 정성을 다하는 사람만이 나와 세상을 변하게 할 수 있는 것이다.

작은 일이라고 무시하지 마세요. 그 작은 차이가 모여서 큰 결과를 만듭니다. 작은 것을 중요하게 여기지 않으면 큰 것도 오지 않습니다.
아무리 부자라도 잔돈이 없어서 애를 먹을 때가 있습니다. 잔돈이 모여서 큰돈이 됩니다. 마찬가지로 작은 행동이 모여서 큰 행동이 됩니다.
조금의 차이를 줄이기 위해 노력해 보세요. 조금의 차이를 줄이기 위한 끊임없는 노력을 하는 사람만이 행복한 내일을 맞이할 수 있습니다.

가만히 스스로를
안아 주는 말

에베레스트 산에 오른 산악인이 눈 한 덩어리를 뭉쳐서 아래를 향해 던집니다. 온통 눈으로 뒤덮인 산에서 한 덩어리의 눈은 아무것도 아닙니다. 하지만 그 눈이 자꾸만 데굴데굴 굴러가면 나중에는 동네를 삼키는 사태가 벌어질 수 있습니다.

실수는 작더라도 하지 않으려 노력하고, 좋은 일은 아무리 작더라도 시작하세요. 그로 인해 우리가 사는 이 세상이 환하게 변할 수 있습니다.

미움이
가득 차면

사람의 몸속에는 기생충이 삽니다. 그럼 개미처럼 작은 생물에게
도 기생충이 있을까요? 당연히 있습니다. 그걸 창형흡충槍形吸蟲이라
고 합니다. 이 창형흡충이라는 놈이 사는 곳은 개미 몸속이지만, 번
식은 양의 몸속에서 한다고 합니다. 어떻게 발도 없는 창형흡충이
양의 몸속으로 들어갈 수 있을까요? 이에 과학자들은 놀라운 사실을
발견했습니다.

창형흡충은 번식기가 되면 개미의 뇌로 기어 올라갑니다. 그러면
개미는 이상 반응을 일으켜 양이 좋아하는 풀로 갑니다. 그걸 양이
먹으면 뱃속으로 들어가 번식을 하는 거지요.

그러면 어떻게 다시 개미에게로 갈까요? 나오는 방법은 똥밖에 없
습니다. 양이 똥을 싸면 그걸 달팽이가 먹는답니다. 창형흡충은 달팽

이 몸속으로 들어갔다가 다시 똥을 싸면 밖으로 나오게 됩니다. 그리고 그걸 다시 개미가 먹음으로써 창형흡충이 개미 몸속에서 기생하게 되는 겁니다.

제 어머니는 무척 뚱뚱했습니다. 얼마나 뚱뚱했나 하면 막내 동생을 낳을 때까지도 동네 사람들이 임신한 것을 몰랐을 정도였습니다. 그래도 어머니도 여자인지라 예쁜 옷도 입고 싶고, 날씬하다는 소리도 듣고 싶어 했습니다. 그래서 날마다 기도했습니다.

"저도 살 좀 빼게 해 주세요!"

정말 열과 성을 다해 기도했습니다. 지성이면 감천인 법인데, 옆에서 그 모습을 지켜보는 저까지 답답할 정도로 어머니의 살은 빠지지 않았습니다.

그러다가 살이 빠지지 않은 원인을 발견했습니다. 어머니는 음식이 맛있다며 드시고, 남겼다고 드시고, 아깝다고 드셨습니다. 그러니 살이 빠지겠습니까? 어머니는 먹을 것을 자제하지 못하고 계속 먹다가 살이 찐 것이었습니다. 그 살을 빼려면 당연히 먹을 것을 줄여야 했습니다.

아내가 목욕탕을 갔다가 유방암에 걸린 사람을 보게 되었답니다. 서로 때를 밀어 주다가 아내가 조심스레 물었습니다.

"암에 걸렸다는 것은 오랫동안 스트레스가 쌓였다든지 누군가를 미워했다는 것이라는 말을 들었어요. 혹시 누군가를 죽도록 미워한 적이 있나요?"

그러자 그 암환자가 대답했습니다.

"시아버지를 그렇게 미워했어요."

미움이 계속 쌓여 그것이 스트레스로 이어져 암이 발병한 것입니다. 그걸 약으로 치료하려니 낫겠어요? 원인인 미움을 버려야 결과적으로 암이 치료됩니다.

아는 분 가운데 경찰서장으로 퇴직한 분이 있습니다. 말단 순경에서부터 시작해 경찰서장에 오르기까지 정말 얼마나 열심히 일을 했는지 모릅니다.

그런데 재직 당시 시위가 발생했는데, 제대로 대처하지 못했다는 이유로 한순간에 경질되고 말았습니다. 이후 텔레비전에서 자기를 경질한 사람이 나오기라면 하면 그의 분노는 극에 달했습니다.

"당장 텔레비전 꺼!"

마음속에 자신을 경질한 사람에 대한 미움이 가득 차 있었지요.

그러던 어느 날 그분이 병에 걸렸는데, '장유착증'이었습니다. 이 병은 장끼리 서로 붙어 내용물의 흐름을 막는 무서운 병입니다. 이 병에서 완치되었다는 것을 알려면 수술 후 방귀가 나와야 합니다.

그런데 이 분은 방귀가 나오지 않아서 수술을 두 번이나 더 했습니다. 이제는 더 이상 잘라 낼 장이 없었습니다. 그야말로 생과 사의 갈림길에 섰습니다.

밤 11시가 넘어서 저에게 연락이 왔습니다. 마지막 수술을 들어가기 직전에 걸려 온 전화였습니다. 부리나케 달려가 기도를 해 주었습니다.

"마음속에 누군가를 미워하고 있다면 모두 버리세요."

그 말에 그는 눈물을 흘리며 자신을 경질한 사람을 더 이상 미워하지 않겠다고 말했습니다. 그리고 수술 후 다행히도 방귀가 나와 그는 살 수 있었습니다. 제 기도 덕분이 아닙니다. 마음속에 품어 왔던 미움을 버렸기 때문입니다. 미움이 사랑으로 바뀐 것입니다.

어린아이에게 무언가를 가르치는 것과 어르신에게 무언가를 가르치는 것은 다릅니다. 말랑말랑한 밀가루는 반죽하기가 쉽지만, 일단 굳어 버려서 돌처럼 딱딱해진 밀가루는 반죽하기가 쉽지 않은 이치와 같습니다. 머리가 굳어 버린 어르신들을 고치려고 하는 것은 상당히 어렵습니다. 차라리 포기하는 게 낫다는 말이 절로 나옵니다.

이 때문에 '세 살 버릇 여든까지 간다'는 속담이 나온 것입니다. 어려서부터 오랫동안 자꾸 반복하여 몸에 익어 버린 행동은 나중에 가서 고치기가 어려우니 처음부터 버릇을 잘 들여야 한다는 뜻입니다.

어려서 좋은 습관이 몸에 밴 사람은 나중에도 고칠 것이 거의 없습니다. 하지만 일단 좋지 않은 습관이 배게 되면 고치기가 상당히 어렵습니다.

앞에서 예로 든 이야기들의 공통점은 무엇일까요? 원인이 결과를 만든다는 것입니다. 사람의 몸과 마음 또한 원인에 따라 결과를 만들어 냅니다. 그래서 긍정적인 마음가짐이 중요한 것입니다.

만일 부정적인 마음이 자리를 잡고 있다면, '내가 병에 걸릴 수도 있겠다'는 걸 깨달아 얼른 긍정적인 마음으로 바뀌도록 노력해야 하겠습니다.

가만히 스스로를
안아 주는 말

———

사람들은 누구나 남의 눈을 신경 씁니다. 만일 누군가 자신이 어떻게 생겼느냐고 물어 보면, 좋게 말해 주세요. 내가 바라보는 그는 바로 나 자신이기도 합니다.

꿈에 맞춰
살아라

제가 아는 어느 소아과 의사 이야기입니다. 그는 대형병원의 부원장을 맡을 정도로 실력이 좋습니다. 어느 날, 그분이 제게 상담을 요청하셨습니다.

"지금 있는 병원은 대우를 잘해 주고 있습니다. 그런데 마음속에 자꾸 갈등이 생기네요. 여기서 계속 근무해야 할지, 아니면 제 병원을 개원해야 할지 말이에요."

그래서 제가 물어봤습니다.

"꿈이 뭐예요?"

그분이 웃으면서 대답했습니다.

"언젠가는 제 병원을 하는 겁니다."

"그럼 지금 당장 사표를 쓰고 병원을 차리세요."

이 말은 들은 그분은 순식간에 병원을 개원하였습니다. 그랬더니 병원이 미어터질 정도로 환자가 몰려왔습니다. 그러던 어느 날, 그분이 다시 한 번 제게 상담을 요청했습니다.

"아시다시피 지금 환자를 다 수용하지 못할 정도로 병원이 잘되고 있습니다. 그럼 병원을 확장해야 할까요, 이 정도 규모를 유지해야 할까요?"

저는 다시 한 번 물어봤습니다.

"꿈이 뭐예요?"

"큰 병원을 운영하는 것입니다."

"그럼 지금 빨리 병원을 확장하세요."

지금 그 병원은 대전 시내에서 으뜸가는 병원으로 손꼽히고 있습니다.

이처럼 사람은 꿈에 맞춰 살아가야 합니다. 사람은 자신의 꿈을 따라 살 때 즐겁고, 하는 일도 잘됩니다.

어떤 사람이 제게 사업을 하더라도 잘했을 것이라고 말한 적이 있습니다. 제 생각에도 사업을 하면 잘할 자신이 있습니다. 돈을 제대로 벌지 못하는 사람들을 보면 가끔 답답할 때가 있으니까요. 하지만 저는 사업을 하지 않습니다. 제 꿈이 아니기 때문에 하지 않는 것입니다.

물은 깊게 파야 합니다. 한 분야에 대해 얇게 훑으면 표면에 있는 약간의 물만 얻을 수 있지만, 최대한 깊게 들어가면 더 밑에 있는 지하수까지 얻을 수 있습니다. 그러니 실력을 얻을 때까지 꿈을 향해 정진해 보세요. 직장과 사업뿐만 아니라 인생의 문제를 해결할 수 있는 혜안이 열릴 것입니다.

꿈을 나무에 비유하자면, 어려서부터 꿈을 좇아간 사람을 거목이라고 할 수 있습니다. 다른 일을 하다가 중간에 자신의 꿈을 찾아 좇아간 사람을 분재라고 말할 수 있습니다. 거목보다는 늦었지만 분재 또한 불쏘시개 역할만 하다가 끝나는 것보다는 낫습니다.

"게임 그만하라고 했지?"

"30분만 더 할게요."

"공부는 언제 하려고?"

"이거 끝나면 하면 되잖아요."

"내가 너를 어떻게 키웠는데…… 만날 게임만 하고 정말 속상하다."

이 말을 들은 아들은 자기 방문을 꽝 닫고 나가 버립니다. 그러고는 PC방으로 가서 하던 게임을 계속해서 합니다.

요즈음 사춘기 자녀들이 있는 집에서 흔히 볼 수 있는 풍경입니다.

게임에 빠지다 못해, 미쳐 있는 아이들이 많습니다. 그렇다고 프로게이머가 되고 싶은 것도 아닙니다. 그냥 가상세계에 빠져 그것만

즐기는 것입니다. 한마디로 시간을 그냥 흘려보내는 것입니다. 이렇게 하는 이유는 자신이 뭐가 되고 싶은지, 뭘 하고 싶은지에 대해 전혀 관심도 없고 잘 모르기 때문입니다.

우리나라 청소년들에게 '꿈이 무엇이냐?'고 설문조사를 한 적이 있습니다. 60퍼센트가 넘는 아이들이 "연예인이 되고 싶다"고 대답했습니다. 그런데 자신의 노래와 춤을 보여 주고 싶어서가 아니라, 그저 텔레비전에 비쳐지는 화려한 모습에 도취되었기 때문입니다. 텔레비전에 한 번이라도 나오기 위해 뒤에서 얼마나 많은 시간 동안 땀을 흘리며 연습해야 하는지에 대해서는 잘 모릅니다. 그래서 "연예인이 꿈"이라는 청소년 가운데 정말 연예인에 도전하는 아이들은 1%에 지나지 않습니다.

아무리 하늘에서 비를 많이 내려 주어도 그릇을 엎어 놓으면 빗물이 담길 수 없습니다. 건물도 설계도에 따라 짓듯이, 인생도 꿈을 가지고 살아야 이루어집니다. 문제는 꿈이 없다는 것입니다.

대전에서 서울로 상경해 성공한 지인이 있습니다. 서울역에 도착한 그에게 눈에 띄는 빌딩 하나가 있었습니다. 족히 50층은 넘어 보였습니다. 그는 마음속으로 다짐했습니다.

"반드시 저 빌딩을 내 것으로 만들어야지."

당시 그는 무일푼이었습니다. 변변한 직장도 없었습니다. 하지만 그는 거대한 빌딩의 주인이 되고 싶은 꿈을 가졌습니다. 그리고 항상 그쪽을 바라보며 간절히 소망했습니다. 그러고는 열심히 일을 했습니다.

2년 뒤, 그는 자신 소유의 집을 가지게 되었습니다. 그리고 10년이 지난 뒤 10층짜리 건물의 주인이 되었습니다.

결과만 놓고 보면, 서울역 앞의 빌딩을 가지지 못했으니 꿈을 이루지 못했다고 할 수도 있습니다. 하지만 50층이 넘는 빌딩을 소유하는 꿈을 꾸다 보니, 10층 건물이라도 자기 것으로 가질 수 있었던 것입니다.

거대한 꿈을 이룬 사람을 바라보면서 새로운 꿈을 꾸어야 합니다. 그러면 다른 사람의 꿈에 비해서는 작을지라도 어느 정도는 근접할 수 있습니다.

꿈이 있는 사람은 전쟁이 일어나 피란을 가는 상황 속에서도 돈을 법니다. 꿈이 없으면 이룰 수 있는 것도 없습니다. 꿈이 없는 사람은 죽습니다. 꿈이 없는 가정은 죽습니다. 꿈이 없는 나라는 망합니다.

꿈이 현실에 가로막혀 버리면 안 됩니다. 현실이 어렵다고 꿈을 죽여서는 안 됩니다. 현실에 눌려 꿈조차 꾸지 못하면 안 됩니다. 꿈꾸는 것은 돈이 들지도 않습니다. 세금이 나오는 것도 아닙니다. 이루어지기 전에 바라기부터 하세요. 마음껏 꿈을 꾸세요!

가만히 스스로를
안아 주는 말

하루에 밥을 두 끼만 먹었던 적이 있습니다. 그 돈을 아껴서 헌책
방거리로 유명한 청계천을 일주일에 한 번씩 방문해 좋은 책을 많
이 샀습니다. 책을 읽다 보면 세상과 소통할 수 있는 방법을 발견
하게 됩니다. 소통한다는 것은 삶과 세상에 대해 안다는 말입니
다. 삶의 해답은 책에 들어 있습니다.

생기 있게
살자

"부족한 사람이 뭔 할 말이 있겠습니까만, 그래도 여기에 올라왔으니 무슨 말이라도 해야 될 것 같아서 한 말씀만 드리겠습니다."

500명을 수용하는 강연장에 가서 이런 식으로 장황하게 우물쭈물 말을 시작한다고 상상해 보세요.

강연이 시작되고 얼마 지나지 않아 아마도 절반 이상의 사람들이 강연장을 빠져나갈 것입니다. 그래서 강연자는 되는 말이든 안 되는 말이든 사람들이 딴생각을 못하도록 일단 기선 제압을 해야 합니다. 큰 목소리로 당당하게 인사하는 것입니다.

"안녕하세요, 오늘 날씨 참 좋죠?"

동물의 세계에서도 수컷이 당당하게 '어흥~' 하고 소리를 질러야 암컷이 '어머, 멋있어라' 하고 좋아합니다. 그리고 사슴이든 양이든 잡아 오면 더 좋아합니다.

그런데 수컷이 '어훙~' 하고 소리를 질렀을 때 암컷이 '어디다 어 훙 해' 하고 면박을 준다면 큰일 납니다. 수컷을 기죽이는 암컷은 자 기가 먹이를 구해다 먹어야 합니다.

부부도 마찬가지입니다. 아내는 남편을 위해 죽는 시늉을 해야 합 니다. 그래야 남편이 기가 삽니다. 기가 산 남편은 밖에서 많은 돈을 벌어 옵니다. 그러면 그 돈을 아내가 쓰면 됩니다.

남편이 기가 꺾여서 돈을 못 벌어 오면 고생은 아내가 합니다. 결 국 아내가 할 일은 남편을 신나게 해 주는 것입니다. 이처럼 기가 살 아야 제대로 일할 수 있습니다.

우리나라에서 조기유학의 붐이 일어난 지 여러 해가 지났습니다. 공부를 잘하든 못하든 상관없이 미국으로, 영국으로, 호주로 우르르 떠났습니다.

지인 중에도 조기유학을 보낸 부모가 있습니다. 그런데 저는 참 걱 정이 되더라고요. 사실 그 집 아들이 썩 공부를 잘하는 편이 아니었 거든요.

어쨌든 유학을 떠난 그 아이는 한동안 교실에서 꿔다 놓은 보릿자 루가 될 수밖에 없었답니다. 선생님이 무슨 말을 하는지 도저히 이 해할 수가 없었으니까요. 하긴 한국어도 제대로 이해하지 못하는 아

이가 어떻게 하루아침에 영어를 잘할 수가 있겠어요? 그래서 휴무일에 다른 학생들은 집에서 쉬는데, 혼자서 학교에 간 경우도 있었답니다.

그런데 이 아이가 다른 과목은 다 못하는데, 딱 한 가지 잘하는 과목이 있었답니다. 바로 수학입니다. 우리나라의 선행학습 시스템 때문에 예전에 다 배운 것이거든요. 그리고 영어가 아닌 숫자로 대부분 문제가 나와 있어서 그런대로 이해를 금방 하더랍니다. 그래서 수학은 시험을 봤다 하면 95점에서 100점이었습니다. 수학 점수를 본 선생님께서 불러 한마디 하더랍니다.

"너는 천재다!"

이 말은 들은 아이는 충격을 받았습니다. 이전까지 한국에서는 이런 말을 들어 본 적이 없기 때문입니다. "왜 틀렸냐?"고 혼나기만 했을 뿐이었습니다.

이후 놀라운 변화가 일어났습니다. 다음 날부터 그 학생은 그렇게 가기 싫어하던 학교를 제일 먼저 갔습니다. '천재'라는 말을 또 들을 수 있을까 해서요. 그리고 다른 과목은 이미 바닥을 치고 있으니, 이제는 올라갈 일만 남았다고 생각했습니다.

기가 산 아이는 말도 빨리 트고, 그에 따라 다른 과목의 공부도 잘하게 되었습니다.

선생님들에게 부탁드리고 싶은 것이 있습니다.

"아이들의 기를 살려 주세요!"

엄마 아빠들에게 당부합니다.

"자녀들의 기를 살려 주세요!"

기가 산 사람은 신바람이 납니다. 신바람이 난 사람은 매순간이 소중합니다.

사람은 한번 죽으면 다시는 돌아올 수 없는 시간을 살고 있습니다. 보통 80년이고, 길어 봐야 100년에 불과합니다. 그러니 그 시간이 얼마나 귀중한가요? 매순간 삶의 희열을 느끼며 살아간다면 인생이 더욱 즐거울 것입니다. 그래서 저는 한 끼의 밥도 그냥 먹지 않습니다. 호들갑을 떨면서 맛있게 먹습니다.

"오~ 이 밥! 죽으면 더 이상 먹을 수 없는 이 밥! 감사하게 먹겠습니다."

남편이 건강하게 살아 있다는 것만으로 행복해하는 아내가 있다고 합시다. 그의 남편은 월급을 100만 원 받습니다. 그러면 아내의 기분이 얼마나 좋을까요?

"여보, 정말 소중한 돈 100만 원이네요. 잘 쓸게요."

그런데 또 다른 아내는 남편이 꼴도 보기 싫습니다. 그래서 100만 원을 가져다주면 이렇게 말했습니다.

"당신 지금 물가가 어떤 줄 알아? 100만 원 가지고 어떻게 살아?"

결국 이 부부는 이혼했습니다.

요즈음 같은 고물가 시대에 100만 원이 그다지 많지 않은 돈이라는 것은 모두 알고 있습니다. 만족해하는 아내라고 왜 힘든 것이 없겠습니까? 생활의 어려움이 없겠습니까? 하지만 남편이 곁에 있다는 것으로 만족하니까 나머지는 덤으로 생각해서 행복해하는 것입니다. 똑같이 어렵더라도 남편의 존재만으로 만족해하는 사람은 어려움이 즐거움으로 느껴지는 것입니다.

성공하는 사람들은 생기가 있습니다. 세계적인 축구선수들을 보세요. 호날두나 메시가 경기장에서 느릿느릿하게 걸어 다니나요? 그들은 경기장을 이리저리 쉴 새도 없이 분주히 다닙니다. 그러다가 총알 같이 달려가 공을 가로채 골을 넣습니다.

세계적인 지휘자 뒤에는 새끼줄이 쳐 있다고 합니다. 워낙 열정을 담아 온몸으로 지휘를 하다 보니 뒤로 넘어가지 말라고 쳐 놓는다고 하네요. 물론 농담입니다.

이런 농담을 한 이유는 성공하는 사람들은 온몸으로 생기를 표현하면서 산다는 얘기를 하고 싶어서입니다. 어차피 해야 할 일을 재미있고 열정적으로 하는 것이지요. 그래서 그 결과가 좋은 경우가 많습니다.

스스로 생기 있게 살고, 남의 기도 살려 줍시다.

가만히 스스로를
안아 주는 말

안개 낀 날, 자동차를 운전해 본 적이 있나요? 언제 걷히는지 답답해하다가도, 해가 뜨고 나면 안개는 금방 사라집니다. 인생은 안개입니다. 하루하루 사는 것이 길게 느껴지겠지만, 살아 보면 금방입니다. 안개처럼 짧은 인생 활기차게 사세요.

다 잘할
필요가 없어요

어느 날, 제 딸이 호들갑을 떨면서 저에게 말하더군요.

"우리 아파트에 사는 4살짜리 애가 벌써 자기 이름을 써요."

제 손녀딸도 4살입니다.

같은 4살인데도 어떤 아이는 한글을 빨리 깨우쳐 자기 이름도 쓰는데, 본인의 딸은 아직 한글도 못 깨우쳤으니 부모로서 속상할 만도 하겠지요. 딸은 이 말을 덧붙였습니다.

"이제부터는 엄마가 중심을 잡지 않으면 더 뒤처질 거예요. 글씨를 빨리 배울 수 있도록 당장 한글학원에 등록시켜야겠어요."

그런데 대부분의 아이들이 피아노 건반을 두드리며 놀고 있을 때, 음악에 특출한 재능이 있는 아이는 악보를 보면서 연주를 합니다. 그 모습을 보면 부모는 자녀에게 피아노를 가르쳐야겠다는 생각을 하겠지요. 그뿐인가요, 좀 더 지나면 셈을 잘하는 아이가 분명히 나올 것입니다. 그때는 당장에 속셈학원을 보내야겠지요. 또한 내 아이가 색연필로 낙서하는 수준에 그칠 때, 그림을 아주 잘 그리는 아이도 나오겠지요. 그러면 또 그림을 잘 그리도록 자녀를 당장 학원에 등록시킬 건가요?

오늘날 대부분의 부모들이 자녀를 이렇게 교육하고 있는 것 같아 안타까울 때가 많습니다. 물론 어린 시절부터 다양한 것을 배우는 것은 문제가 아닙니다. 하지만 부모가 그 많은 것을 가르쳐 줄 수 있는 경제적 능력과 아이의 재능이 있느냐는 거지요. 결국 이것은 자녀에 대한 교육관이 부족한 부모라서 발생되는 문제입니다.

우리 속담 중에 '열 가지 재주 가진 사람은 굶어도, 한 가지 재주 가진 사람은 먹고산다'는 말이 있습니다. 한 가지만 제대로 하면 먹고사는 데에는 전혀 지장이 없다는 뜻입니다.

우리나라 국가대표팀과 외국팀 간의 중요한 경기가 열리는 날이었습니다.

축구를 무척 좋아하는 저는 강연 등으로 바쁜 와중에도 그 경기를 직접 보기 위해 경기장으로 향했습니다.

경기장에 도착해 보니, 스코어는 1 대 0. 우리나라가 지고 있었습니다. 그러다가 후반전 몇 분을 남기고, 드디어 우리나라의 한 선수가

하프라인에서 공을 잡고 상대편 골문을 향해 전력질주를 하기 시작
했습니다.

앞줄에 앉아 있던 흥분한 관중이 일어섰습니다. 그러자 뒤에 있던
사람들 또한 중요한 순간을 놓치지 않기 위해 일어섰습니다. 뒤에서
"안 보이잖아요. 빨리 앉아요"라고 말했지만, 들리지가 않았습니다.
어쩔 수 없이 뒷사람들도 하나둘씩 일어섰습니다. 결국 관중 전체가
일어서서 그 장면을 지켜봤습니다.

지금의 우리나라 부모들이 축구장에 있었던 관중들과 비슷하다는
생각이 들지 않나요?.

한 사람이 일어나면 뒷사람이 따라서 일어나는 것과 마찬가지로,
한 부모가 아이를 학원에 보내면 다른 부모도 보내고, 그 옆집 부모
도 또 학원을 보내는 것처럼 말이에요. 결국 모든 관중들이 일어섰
던 것처럼 모든 부모들이 아이를 학원에 보내는 결과가 나타납니다.

그래도 경기장에서 일어서는 건 중요한 경기 장면을 놓치지 않기
위한 의미 있는 행동입니다. 그렇지만 뚜렷한 주관 없이 다른 부모
가 하는 대로 아이를 학원으로 내모는 건 경제적 손실이 생깁니다.
그뿐만 아니라, 학원만 왔다 갔다 하는 아이에게 잘못된 방향 감각
을 심어 줄 수도 있습니다.

좋은 나무는 뿌리가 튼튼하고, 줄기도 쭉 뻗고, 가지들이 잘 붙어

있습니다. 잔가지가 너무 많으면 줄기가 제대로 자랄 수 없습니다. 그래서 줄기가 제대로 자라도록 하기 위해 계속해서 가지치기를 해 줍니다.

'우리 아이는 왜 옆집 아이처럼 피아노를 못 칠까? 왜 그림을 잘 그리지 못할까?'

혹시 이런 생각 때문에 속상해하고 있는 부모가 아닌가요?

무턱대로 모든 것을 지원한다고 해서 아이가 행복해하지 않습니다. 또한 모든 것을 남들보다 다 잘한다고 해서 반드시 행복한 인생, 성공한 인생으로 산다는 보장도 없습니다. 한 가지만 잘하면 돼요. 정말 잘할 수 있는 것에만 집중하도록 하는 것이 행복한 아이로 키우는 지름길입니다.

가만히 스스로를
안아 주는 말

남들의 시선이나 주변 환경이 아닌 아이에게 집중해 보세요. 아이가 뭘 좋아하는지, 뭘 잘할 수 있는지 잘 보일 것입니다. 아이에게는 선택과 집중이 필요합니다.

너무
걱정하지 마세요

목이 긴 기린은 그것을 사용해 나무에 달린 나뭇잎을 쉽게 먹습니다.

그런데 기린 입장에서는 풍성한 나뭇잎을 먹는 게 좋을 수 있지만, 나무 입장에서는 나뭇잎을 다 먹히고 나면 죽기 때문에 위기의 순간이 아닐 수 없습니다.

생生과 사死의 갈림길에 있는 나무는 그래서 일단 독이 든 진액을 내뿜습니다. 그러면 기린은 맛있게 먹던 나뭇잎에서 쓴맛을 느끼게 됩니다. 나뭇잎을 먹지 않으면 죽을 수밖에 없는 초식동물인 기린은 그 순간 자기 몸을 보호하기 위해 해독제를 만들어 냅니다.

그때가 되면 더욱 위기감을 느낀 나무는 쓴 독 대신 달콤한 당 성분을 내뿜습니다. 그러면 달콤한 냄새를 맡은 수십 마리의 개미들이 그 나무 위로 한꺼번에 기어오릅니다. 그러고는 나뭇가지와 줄기에 붙어서 열심히 진액을 빨아 먹지요. 그러다 보면 나뭇잎을 맛있게 먹던 기린의 입속으로 개미 수십 마리가 한꺼번에 들어오게 됩니다. 나뭇잎을 먹는 게 아니라 개미들을 먹는 셈이 되지요. 개미들 때문에 더 이상 나뭇잎을 먹을 수 없게 된 기린은 그제야 다른 나무를 찾아 떠납니다. 이것이 나무가 죽지 않고 사는 방법입니다.

그런데 나무는 기린만 막아 내면 괜찮을까요? 그렇지 않습니다. 자신을 갉아 먹는 해충도 막아야 하고, 거센 태풍도 견뎌 내야 합니다. 태풍이 몰려왔을 때 뿌리가 뽑히면 말라 죽을 수 있다는 걸 잘 알기에, 미리미리 뿌리를 땅속으로 깊게 내립니다.

길거리나 산에 그냥 서 있는 것처럼 보이는 나무가 살아가는 데에도 만만치 않아 보이지요? 나무 또한 이런 어려움 속에서도 잘 살아가고 있습니다. 그렇다면 만물의 영장인 사람은 당연히 더 잘 살아갈 수 있지 않을까요?

나무의 진액을 빨아 먹고사는 개미는 아시다시피 평균적으로 1센티미터 크기밖에 안 되는 작은 곤충입니다. 우스갯소리로 '한주먹거리'도 안 될 정도의 크기지요.

하지만 이 작은 개미들 또한 수천 년 동안 힘든 세월을 견디며 멸종하지 않고, 지금까지 잘 살아가고 있습니다. 사람 또한 지혜와 재능을 제대로 발휘한다면 앞으로 잘 살아갈 수 있습니다. 너무 걱정하지 마세요.

주변에서 사는 게 힘들다고 하소연하는 사람들이 많습니다. 그렇지만 이제는 몸을 움직여 일을 하기만 하면 먹고살 수는 있습니다. 노숙자도 살잖아요.

그래서 "사는 게 힘들다"는 말이 지금 당장 더 윤택하고 편안한 삶을 누리지 못해서 어렵다는 것이지, 일자리가 널려 있는 지금의 현실을 고려할 때 정말 먹을 게 없어서 힘들다는 말은 아닐 것입니다.

그런데 가끔 일자리가 없어서 일을 할 수 없다고 걱정하는 청년들을 볼 때가 있습니다. 하지만 그들은 3D 업종은 외국인 노동자들이 일하는 것을 당연하게 여깁니다.

그래서 한쪽에서는 일할 사람이 없다고 하고, 다른 한쪽에서는 일할 곳이 없다고 말하는 기이한 현상이 벌어지고 있습니다.

물론 처음에는 만족하는 일자리를 구하지 못할 수도 있습니다. 하지만 임금이 적고 궂은 일이라 할지라도 열심히 일하다 보면 더 좋은 일자리가 주어지지 않을까요?

화장실, 거실, 부엌 등을 가리지 않고 집 안 곳곳에 숨어 있다가 갑자기 튀어나와 사람들을 깜짝깜짝 놀라게 하는 바퀴벌레 또한 오늘도 먹이를 찾아 열심히 돌아다닙니다. '설마 내가 바퀴벌레보다 못할까?' 마음속으로 다짐하고, 몸을 움직여 보세요. 분명히 행복한 일자리가 당신을 기다리고 있을 것입니다.

가만히 스스로를
안아 주는 말

오늘도 꼬리에 꼬리를 무는 걱정 때문에 잠 못 드는 사람이 있습니다. 하지만 하루에 일어나는 10가지 일 중 9가지는 걱정해서 해결될 일이 아니라고 합니다. 오늘밤 편안하게 잠드세요. 그리고 1가지 걱정은 내일 아침에 맑은 정신으로 고민해 보세요. 가까운 곳에 해결책이 있을 것입니다.

남의 행복이 커진다고 내 행복이 줄어들지는 않습니다. 남이 아닌 나를 기준으로 잡고, 나의 행복을 더 키우기 위해 노력해 보세요. 어느덧 이 세상에서 가장 행복한 사람이 되어 있을 것입니다.

3

너는 너대로

　　나는 나대로

계절에
어울리는 꽃

여름철에 길거리를 지나다 보면 담장을 따라 탐스럽게 핀 능소화를 어디서나 쉽게 볼 수 있습니다. 여름이라는 싱그러운 계절에 정말 잘 어울리는 연한 주홍빛의 색감과 깔때기 모양의 꽃 모양이 보는 사람을 참 기분 좋게 합니다.

능소화를 보면서 문득 '이 꽃이 여름이 아닌 봄이나 가을에 피었다면 어땠을까' 하는 상상을 해 보았습니다. 제 생각에는 아마도 그다지 잘 어울리지 않았을 것 같습니다. 오히려 다른 계절에 피지 않아 다행이라는 생각도 들었습니다.

봄에는 개나리, 진달래, 벚꽃, 목련 등이 핍니다.

이 봄꽃들을 인생에 비유하자면 20대가 되기 전, 즉 초년에 성공한 사람들이라 할 수 있습니다. 하지만 이들은 자기 자신의 힘이 아닌 대부분 잘나가는 부모를 만나서 그렇게 된 것입니다.

봄에 피는 꽃은 향기가 옅습니다. 그리고 잎이 쉽게 떨어집니다. 벚꽃은 한 번에 화려하게 활짝 피지만, 비가 내리면 금방 꽃잎이 떨어집니다.

마찬가지로 인생을 살면서 축복 같지만 결코 축복이 아닌 것이 몇 가지가 있는데, 그중에 하나가 초년에 성공하는 것입니다. 초년에 성공을 하면 그것의 귀중함을 모르고, 그걸 지켜 갈 수 있는 여력이 없습니다. 젊어서 성공한 사람은 단숨에 시들기가 쉽습니다.

하지만 개나리가 그냥 피는 것 같지만 추운 겨우내 준비하였다가 봄이 되면 꽃망울을 터뜨리는 것이듯 이 사람들도 나름 성공하기까지 여러 가지 어려움이 있었을 것입니다. 이러한 사실을 그대로 인정하며 살면 좋습니다. 그런데 그것을 너무 시기하거나 부러워하다가, 혹은 절망해서 자기 계절에 꽃을 피우지 못하는 사람들이 있습니다.

왜 가을에 피는 국화가 봄에 피는 개나리를 부러워합니까? 누군가가 봄에 꽃을 피운다면 그걸 인정해 주고 축하해 주어야 합니다. 그러면 나도 가을에 꽃을 피울 수 있습니다. 아무것도 아닌 것에 얽매이다, 정작 자신의 계절이 돌아왔을 때 꽃을 피우지 못하는 사람들이 주변에 너무 많습니다. 시시한 것에 얽매여서 중요한 것을 놓쳐서는 안 됩니다.

살아온 삶을 되돌아볼 때, 저는 봄에는 스스로 힘든 삶을 선택해 꽃을 피우지 못했습니다. 여름에 꽃을 피운 것 같습니다.

대학에 다니던 시절, 그동안 하지 않았던 공부에 대해 보상이라도 하듯 정말 열심히 공부를 했습니다. 그리고 모두가 수학여행을 갈 때, 그 돈을 가지고 책을 사서 골방에 혼자 남아 읽었습니다. 이십대의 청년이 얼마나 나가서 놀고 싶었겠어요? 하지만 저는 그것을 이를 악물고 참아 냈습니다.

3학년 2학기 무렵에는 결혼까지 했습니다. 그때가 25살이었습니다. 3년간의 군 생활을 마치고 복학 준비를 하던 때였습니다. 저는 신혼여행을 가지 못했는데, 신혼여행을 가지 않으면 평생 한으로 남는다는 말을 듣고 창경원(현재 창경궁)을 한번 다녀왔습니다. 그래서 저희 부부의 신혼사진에는 온통 사자, 호랑이, 원숭이밖에 없습니다.

당시 사진을 보면 마치 제 모습이 북한의 귀순용사 같습니다. 머리를 깎을 돈이 없어서 아내가 머리를 잘라 주다 보니 미용실에서 미용사가 잘라 준 것과는 확실히 다르더라고요. 사진 속 모습에서 왠지 모르는 어려움이 표가 납니다.

그러고는 교회에서 파트타임 전도사로 일하게 되었습니다. 사례비는 6만 원에 불과했습니다. 월세 3만 원에, 십일조 1만 원을 내고 나면 2만 원으로 생활을 해야 했습니다.

교회에서는 '성미誠米'라는 것을 거두어 어려운 이웃들에게 나누어

주곤 했습니다. 형편이 너무 어려웠던 저는 염치를 차릴 것도 없이 목사님께 부탁을 드렸습니다.

"목사님, 저에게도 성미를 좀 나누어 주시면 안 되겠습니까?"

그러자 목사님께서는 바로 이렇게 대꾸하셨습니다.

"장 전도사, 나 먹을 것도 모자라."

어렵게 꺼낸 이야기를 단숨에 거절당한 저는 어찌 할 바를 몰라 얼굴이 붉어졌습니다. '젊어서 고생은 사서도 한다'지만 형편이 어려웠던 당시로는 목사님의 대답이 참으로 야속하게만 들렸습니다. 그러면서 속으로 다짐했습니다.

'앞으로는 절대 아쉬운 소리 하지 않는다.'

한번은 사택을 옮기려고 이사를 준비했습니다. 이삿날이 되고, 짐을 다 빼서 그 짐을 다시 이사 간 사택에 넣으려고 했습니다. 그런데 이게 웬일입니까? 집주인이 짐을 넣지 말라고 말했습니다. 알고 보니 교회에서 잔금을 치르지 않았던 것입니다. 그래서 사정을 했습니다.

"제가 목사입니다. 이 많은 짐을 놔두고 제가 어디로 가겠습니까? 이번 주에 예배를 드리고 나면 잔금을 드릴 테니 짐을 들이게 해 주세요."

하지만 주인은 단칼에 "안 돼요!"라며 거절했습니다.

결국 부동산 업자에게 돈을 빌려서 잔금 문제를 해결했습니다.

저는 이런 어려움을 고생이라 생각하지 않고, 당연한 것으로 여겼습니다.

그러던 어느 날, 제주도에 있는 교회에서 강연 요청이 들어왔습니다. 저는 무조건 간다고 했습니다. 수학여행과 신혼여행을 못 가 본 한이 얼마나 맺혔겠어요? 그래서 제주도에서 강연 요청이 들어오면 웬만하면 갔습니다. 이제는 제주도 전역을 다 돌아다녀서 더 이상 갈 데가 없을 정도입니다.

이처럼 봄에 인내하면서 견디었기에 여름에 꽃을 피울 수 있었던 것입니다. 아직 인생의 꽃을 피우지 못한 사람들이 있다면 절대 낙심하지 마세요. 이럴 때에는 고통과 어려움을 즐거움으로 바꾸려는 노력이 필요합니다. 그러면 진저리치게 싫던 설거지조차도 즐거워집니다. 즐거움 속에 병이 떠나가고, 괴로움 속에 병이 생기는 겁니다.

연예인들에게 인기는 생명과도 같습니다. 그래서 인기에 연연해합니다. 물론 연예인들이 인기를 지속하는 건 참 힘듭니다. 하지만 인기가 떨어졌을 때의 비참함을 알기에 그것이 떨어지지 않도록 엄청나게 노력합니다. 그게 자기관리입니다.

저 또한 비록 연예인은 아닐지라도 지식을 쌓기 위해 끊임없이 책을 읽고, 체력이 떨어져서 강연을 못하는 일이 없도록 시간을 정해 놓고 운동을 합니다.

어떤 분들은 제가 전국적으로 강연을 하고 다니니까 유머감각을 타고났다, 또는 머리가 비상하다고 말하기도 합니다. 하지만 저는 결코 유머감각을 타고났거나 머리가 비상하지 않습니다. 그렇다고 재능을 타고난 것도 아닙니다. 노력해야 합니다. 재능을 타고날 수도 있지만, 안 타고났다고 하더라도 노력하면 성장할 수 있습니다. 가능성을 열어 두세요. 눈물로 씨를 뿌리는 사람이 기쁨으로 곡식을 거두는 법입니다.

봄이면 봄대로, 여름이면 여름대로, 가을이면 가을대로, 겨울이면 겨울대로 아름답게 즐기세요. 그리고 남들의 시선 따위는 신경 쓰지 말고, 내 계절이 왔을 때 활짝 꽃을 피울 수 있도록 준비해 보세요. 내 인생의 봄날이 반드시 올 것입니다.

가만히 스스로를
안아 주는 말

밥은 뜸을 들여야 먹을 수 있습니다. 바로 꺼내 먹으면 설익어 있습니다. 이와 같이 인생 또한 기다림의 연속입니다. 무언가를 바랄 때는 기다릴 줄 알아야 합니다. 이것이 인내입니다. 아이를 임신했다고 바로 낳을 수 없는 노릇 아닙니까? 10개월을 기다려야 합니다. 때를 기다리세요.

행복을
구성하는 9가지

아프리카 구호단체의 활동과 관련한 다큐멘터리를 본 적이 있습니다.

10살가량 되어 보이는 한 꼬마가 구호단체에서 나누어 주는 빵을 받기 위해 수십 킬로미터를 달려갑니다. 도착해 숨을 잠시 고른 후, 겨우 우유 한 곽과 빵 한 조각을 받습니다. 하지만 꼬마는 그것을 먹지 않고, 집을 향해 다시 돌아갑니다.

다 허물어져 가는 집 한쪽 침대에는 병에 걸린 어머니가 누워 있고, 그 옆에는 자기보다 더 어린 동생이 배가 고파서 울고 있습니다. 아이는 어머니에게 우유를 먹여 드리고, 동생에게는 빵을 나눠 줍니다. 정작 본인은 땅에 떨어진 빵부스러기를 주워 먹습니다. 그리고는 가방을 챙겨 학교에 갈 준비를 합니다.

10살짜리 아이가 감당하기에는 정말 당장에라도 죽고 싶을 만큼 힘든 삶을 살고 있지 않나요? 아이를 생각하니 마음이 너무 아팠습니다. 하지만 먹을 게 없어서 굶을 수는 있어도 절대 자살하지는 않을 것이라는 생각에 한편으로는 안심이 되었습니다. 의식주도 간신히 해결해야 하는 사람들에게 자살은 사치일 뿐이니까요.

또한 아이에게는 학교를 졸업한 후 좀 더 나은 환경에서 살 수 있다는 희망이 있었습니다. 카메라를 향해 새하얀 이를 드러내며 환하게 미소를 짓는 아이의 모습 속에는 행복감이 묻어 있었습니다.

통계적으로 보면, 경제적으로 부유하고 정치적으로 안정된 선진국에 사는 사람들의 자살률이 오히려 높습니다. 사람이 부유할수록, 가진 게 많아질수록 걱정거리와 불안은 더더욱 늘어난다는 것이 정말 아이러니하지 않나요? 선진국 사람들은 풍부한 물질 등을 통한 객관적인 행복감은 높지만, 주관적이고 상대적인 행복감은 떨어지기 때문입니다.

연구 결과에 따르면, 따뜻한 봄에 자살률이 제일 높다고 합니다. 일조량이 적은 겨울에는 함께 춥고 어두컴컴하기 때문에 상대적으로 덜 우울할 수 있지만, 따뜻한 기운에 주변 분위기가 밝아지는 봄이 오면 상대적으로 우울함이 더 크게 느껴져 실제로 자살을 행하기 때문이랍니다. 이런 결과를 보더라도, 사람에게는 객관적인 행복보다는 주관적인 행복이 그만큼 더 중요하다는 것을 알 수 있습니다.

제가 어릴 적에는 여름이 되면 꼬챙이에 끼워 만든 얼음과자인 '아이스케키'를 팔았습니다. 1원에 두 개를 주었던 걸로 기억합니다. 돈이 없더라도 큰 소주병이나 비료 포대를 가져다주면 아이스케키를 주었습니다. 그래서 아이스케키 장수가 돌아갈 때가 되면 아이들이 가져온 물건들로 한 짐이 되었습니다.

그런데 생각해 보면, 당시 먹었던 아이스케키는 얼린 설탕물이었던 것 같습니다. 그럼에도 불구하고 그것이 얼마나 맛있었는지 금방 다 먹을까 봐 깨물어 먹지도 않고, 살짝살짝 빨아 먹곤 했습니다. 그마저도 못 먹는 아이들은 부러운 눈으로 아이스케키를 먹는 아이들을 바라보았습니다. 그러면 선심을 쓰듯이 아이스케키를 한 번 주면서 말했습니다.

"베어 먹지 말고 빨아 먹어!"

그런데 아이스케키를 빨리 줬다가 빼앗다 보니, 입속으로 들어가는 게 아니라 코와 윗입술 사이에 닿는 사태가 발생하곤 했습니다. 인중에 묻은 설탕물을 흘러내린 콧물과 함께 핥아 먹으면 그 맛이 달짝지근하면서도 짭조름했습니다. 그래도 그렇게 맛있을 수가 없었습니다.

요즈음은 다양한 종류의 아이스크림이 나옵니다. 포장지에 잘 싸인 아이스크림은 아이스케키에 비하면 훨씬 더 위생적이고 맛도 좋습니다.

아이스크림과 아이스케키 중에서 어느 것이 더 맛있을까요?

당연히 아이스크림이 맛있습니다. 하지만 객관적인 맛은 떨어질지 몰라도, 내 머릿속에 추억으로 간직된 1원에 두 개짜리 아이스케끼의 맛이 더 달콤하게 각인되어 있습니다.

예전에 아버지를 따라간 겨울 강가에서 얼음을 깨고 물고기를 잡았던 기억이 있습니다. 커다란 가마솥에 갖은 양념, 채소와 함께 물고기를 넣고 매운탕을 팔팔 끓였습니다. 그리고 그 매운탕을 후후 불어 가면서 먹었던 기억이 아직도 머릿속에 아련히 남아 있습니다.

지금 전국을 돌아다니며 맛있다고 소문난 매운탕을 다양하게 먹어 보아도, 예전에 느꼈던 그 맛이 나오지 않습니다. 객관적으로는 더 맛있을지 몰라도, 요즈음 매운탕에는 추억이 없기 때문입니다.

그런데 여기서 한 가지 알아야 할 것이 있습니다. 이처럼 주관적 행복이 중요하다고 해서 그것만을 중요시 여긴다면 행복감이 떨어질 것이라는 사실입니다. 옛날에 라면에 관한 좋은 추억이 있다고 해서 지금도 라면만 먹을 수는 없습니다. 밥을 먹다가 생각날 때 가끔 라면을 먹어야 그 힘들고 어려웠던 시절이 추억으로 떠오르지, 지금도 라면만 먹을 수밖에 없는 상황이라면 라면은 더 이상 추억의 음식이 될 수 없습니다. 오히려 신물이 나서 더 이상 쳐다보기도 싫

은 음식으로 기억될 것입니다.

저는 아직도 붕어빵을 좋아합니다. 보통 1,000원에 5개를 주는데, 2,000원어치만 먹으면 입에서 풀냄새가 날 정도입니다. 이것도 어쩌다 먹는 것이기 때문입니다. 매일 붕어빵을 먹진 않습니다.

행복은 수치로 계량화할 수 있는 것이 아닙니다. 미국 경제학자 리처드 이스털린은 '소득이 높아지더라도 그것에 비례해 행복감이 높아지지는 않는다'는 연구 결과를 발표하기도 했습니다. 선진국 사람들처럼 많은 것을 가진다고 해서 행복한 것은 아닙니다. 그렇다고 후진국 사람들처럼 궁핍하고 어려운 삶이 행복한 것도 아닙니다. 당장에 너무 힘드니까요.

고단한 삶에서 빠져나와 현재에 안락한 생활을 누리고 있어야 예전의 어려웠던 일이 아련한 추억이 됩니다. 그때에서야 그것을 회상하는 것이 즐거운 일일 수 있는 것입니다. 인생은 주관적 행복과 객관적 행복이 균형을 이루어야 합니다.

우리나라는 오래전에 절대 빈곤에서 벗어나 객관적인 행복은 충족이 되었습니다. 이제는 주관적인 행복을 찾을 때입니다. 하지만 주관적인 행복도 조사에서 우리나라는 세계 80개국 중 19위였습니다. 이는 히말라야 산맥에 위치한 세계 최빈국 부탄보다도 떨어지는 순위입니다. 부탄은 아직도 식량의 대부분을 자급자족하며, 화폐를 잘 사용하지 않아 물물교환을 해야 하는 불편한 점이 너무 많은 나라인데도 말입니다.

부탄은 국민총행복GNH 개념을 도입하였습니다. 그리고 행복을 구성하는 영역을 단순히 경제적 개념이 아닌 심리적 웰빙, 지역사회 활성화, 문화적 다양성 및 저력, 시간 활용, 건강, 생활수준, 교육, 생태적 다양성 및 회복력, 굿 거버넌스 등 9개 분야로 설정했습니다. 이제 '돈'이 행복을 결정하는 시대는 지나갔습니다. 9개 분야의 유기적 결합을 통한 더 큰 행복을 찾기 위해 노력하고 있는 부탄 사람들이 부럽지 않나요? 함께 행복의 파랑새를 찾아봅시다.

가만히 스스로를
안아 주는 말

축구선수가 결승골을 넣었을 때, 사랑하는 사람과 포옹을 할 때 뇌에서는 짜릿한 '엔도르핀'이라는 호르몬이 분비된다고 합니다. 반면에 공원을 걸으면서 사색에 잠겨 행복감에 젖었을 때 분비되는 것은 '세로토닌'입니다. 자살하고, 이혼하는 사람들의 공통점은 세로토닌이 부족하다는 것입니다. 감정의 굴곡이 많은 우리나라 사람들에게 지금 필요한 것은 화끈한 엔도르핀보다는 은은한 세로토닌이 아닐까요?

초원 위의
그림 같은 집

저는 건강에 관심이 많아서 건강 관련 서적을 많이 읽었습니다. 그러다가 암에 관한 여러 가지 사실을 알게 되었는데, 평소에 모르던 놀라운 사실도 있었습니다.

뼛속에 들어 있는 물질에 암이 걸리면 골수암이라고 합니다. 또 피에 암이 걸리면 혈액암이라고 합니다. 암이 간에 붙으면 간암, 폐에 붙으면 폐암이라고 합니다. 그런데 우리 몸속에 암이 걸릴 수 없는 부위가 한 군데 있습니다. 바로 심장입니다. 피가 솟아나는 심장에는 절대 암 종양이 붙어 자랄 수가 없습니다.

그리고 절대 암에 걸리지 않는 사람이 있습니다. 그 사람은 바로 미친 사람, 그것도 완전히 미친 사람입니다. 암의 원인은 대체로 스트레스인데, 완전히 미치면 스트레스가 없어지니까 절대 암에 걸리지 않습니다.

항상 기뻐하세요.

이 말에 동감하실 수 있나요? 정말 미친 사람이 아니고서는 이럴 수 없겠지요? 어떤 사람들은 차라리 '항상 성질내며 사세요'라고 하면 살 수 있을 것 같다고도 합니다.

'항상 기뻐하세요'라는 말 속에는 마지막 결과가 아닌, 지나가는 과정 속에서 매순간을 즐겁게 웃으면서 지내라는 뜻이 담겨 있습니다. 사람들은 보통 결과만 중요시하지, 과정 속에서는 기뻐할 줄을 모르기 때문입니다.

자식이 고등학교에 입학하는 순간부터 대학 진학 때문에 걱정을 하는 부모가 있습니다. 3년 내내 성적이 떨어지지 않을까 걱정하고, 수능 시험을 치르는 날에도 답을 밀려 쓰지 않을까 걱정합니다. 심지어는 대학 합격자 발표를 하는 당일에도 걱정을 합니다. 합격자 명단에서 누락될까 봐서요. 그러다가 자식이 대학에 합격한 것을 확인하는 순간, "와~ 우리 아들이 해냈다!"라고 좋아합니다. 그런데 무슨 인생이 3년을 걱정하다가 하루만 기뻐합니까?

그런데 여기서 끝이 아닙니다. 걱정은 대학에 들어가면 또다시 시작됩니다. 졸업을 해도 취업이 안 되는 판에 아들은 만날 술만 마시고 다닙니다. 그러면 애끓는 부모는 학점이 잘 안 나와서 걱정합니다. 그러다가 졸업 후 비로소 대기업에 붙으면 "와~ 우리 아들이 해냈다"라고 좋아합니다. 4년 내내 걱정하다가 이날도 하루만 기뻐합니다. 이런 사람들은 입사하는 순간부터 이미 퇴사 후를 걱정하고 있을 것입니다.

왜 생기지도 않은 걱정거리를 혼자서 쌓아 놓고 행복한 인생을 누리지 못하세요? 차라리 반대로 생각해 보세요. 일단 고등학교를 가면 기뻐하세요. "우리 아들은 무조건 SKY(서울대 · 고려대 · 연세대) 중에서 골라서 합격할 거야"라고 좋아하세요. 3년 내내 그런 마음을 품어 보세요. 중간에 성적이 떨어지더라도 '잘될 거야'라는 마음을 간직하세요. 그리고 합격자 발표 날 명단에 없는 걸 보세요. 그날 하루만 실망하면 됩니다.

그래도 다행히 SKY는 아니더라도 그 아래 수준의 대학을 갔으면 또 기뻐하세요. "우리 아들은 대기업을 골라서 갈 거야"라고 생각하고 기뻐하세요. 4년 내내 이 마음을 품고 있으세요. 그러다가 대학 졸업 후 대기업 합격자 명단에 없으면 하루 동안만 실망하면 됩니다. 그리고 아들이 새로운 일을 찾도록 도와주면 됩니다. 이런 사람들은 새롭게 시작할 수 있는 힘이 있습니다.

둘 중에 어떤 인생을 사는 게 좋아 보이시나요? 그렇죠. 대부분의 사람들은 후자처럼 사는 게 좋다는 것을 잘 알고 있습니다. 그리고 그렇게 살고 싶다고 말합니다. 그런데 왜 걱정하세요?

그렇지만 현실은 그렇지 않다고 항변하는 사람들이 있습니다. 저도 사람들의 걱정을 충분히 이해합니다. 그러므로 평소에 걱정을 버리는 연습을 충분히 하는 것이 필요합니다. 그래야 순간순간 일어나는 일에 행복해할 수 있습니다.

저 푸른 초원 위에 그림 같은 집을 짓고
사랑하는 우리 님과 한 백년 살고 싶어

많은 사람들이 이렇게 사는 꿈을 꿉니다. 그런데 정말로 이런 인생을 산다면 좋을까요? 먼 초원 위에 집 한 채 달랑 있는데, 남편이 출근이라도 하면 혼자 심심해서 어떻게 살겠어요? 그리고 초원에 풀이 가만히 있습니까? 1년에 한 번 부모님 묘에 벌초하는 것도 힘들어하는 사람이 무슨 수로 그 많은 풀을 깎습니까? 끝도 없이 자라는 풀을 깎다가 죽어납니다. 저 푸른 초원 위에 집 한 채가 있으니, 세금도 혼자 다 내야 합니다. 멀리서 보면 아름다울 것 같지만, 막상 가 보면 인생이 별것 아닙니다.

결혼을 한 사람들에게 물어볼게요. 결혼생활이 이럴 줄 상상이나 했나요? 이런 게 결혼생활인 줄 알았더라면 차라리 결혼하지 말 것이라고 후회해 본 적은 없나요? 막상 살아보니까 별것 아닌 결혼생활을 경험해 보기 전에는 "그 사람과 함께할 시간이 빨리 왔으면" 하면서 설레지 않았나요?

어떤 것을 가져 보면 별것도 아니고, 먹어 보면 별것도 아니고, 실제로 경험해 보면 별것도 아닌 경우가 많습니다. 그래서 인생의 과정이 중요합니다. 이루어지면 기뻐하는 게 아니라, 이루어져 가는 과정을 기뻐하세요. 삶이 더 행복해집니다.

가만히 스스로를
안아 주는 말

고생하고 있을 때는 고생하는 이야기를 하지 마세요. 모두 알고 있는 사실을 새삼스레 꺼낼 필요가 없잖아요. 오히려 더 힘든 마음이 들고 비참해질 뿐입니다.

하지만 지나고 나서 얘기하면 괜찮습니다. 웃으며 이야기할 수 있는 아름다운 추억이 되기 때문입니다. 추억과 고통은 말하는 시점의 차이입니다.

숨소리,
아직 괜찮은가요?

'코미디의 황제 이주일'

그는 코미디에 천부적 감각을 지닌 사람이었습니다. 하지만 얼굴이 못생겼다는 이유로 방송 프로그램에 출연할 수가 없었습니다. 그러던 어느 날 그에게 기회가 찾아왔습니다. 대타로 출연한 프로그램에서 소위 '대박'을 터트렸던 것입니다. 그는 서러웠던 기나긴 무명 시절을 끝내고, 드디어 코미디의 황제로 우뚝 섰습니다. 그의 우스꽝스러운 몸동작을 전국에 있는 초등학생들이 똑같이 따라 했습니다.

하지만 황제의 재위 기간은 그리 길지 못했습니다. 오랫동안 피웠던 담배로 인해 폐암에 걸렸던 것입니다. 죽기 전에 그는 마지막으로 텔레비전에 나와 금연 광고를 찍었습니다.

"담배, 맛있습니까? 그거 독약입니다."

이처럼 담배 하나를 끊지 못해서 고통 속에서 죽어 간다면 인생이 너무 억울하지 않을까요?

올해부터 정부의 강력한 금연정책 시행으로 담배 가격이 많이 올라서 한 갑에 4,500원 정도에 판매되고 있다고 합니다. 하루에 한 갑씩 한 달을 피우면 15만 원 정도가 연기와 함께 허공에 날아갑니다. 1년이면 180만 원이고, 10년이면 1800만 원입니다. 40년 피우면 7200만 원입니다. 단순 계산했을 때 그렇습니다. 복리로 계산하면 아파트 한 채 가격과 맞먹습니다. 이제는 담배를 피울 때마다 이런 생각을 가지고 피우세요.

'아파트 한 채 피운다.'

제가 제일 안타깝게 생각하는 사람이 담배를 피우면서 돈을 빌려 달라는 사람입니다. '돈도 없는 사람이 어떻게 담배를 피우지?'라는 의문이 들기 때문입니다. 돈이 없다면 담배는 당연히 끊어야 하지 않나요?

담배가 짧은 시간 안에 스트레스를 풀기에 좋다고 말하는 사람도 있습니다. 그럼 평생 담배를 피우지 않은 저는 스트레스가 쌓여서 진작 이 세상을 떠났어야 하지 않을까요? 그리고 또 스트레스 해소용으로 담배밖에 없나요? 스트레스가 쌓일 때마다 담배를 피우는 대신에 가벼운 스트레칭을 하거나 껌을 질겅질겅 씹어 보세요.

담배를 끊고 싶은데 잘되지 않는다고 하소연하는 사람도 있습니다. 그럼 담배를 단번에 끊는 사람은 뭔가요? 자꾸 핑계만 대지 말고, 강력한 의지와 각오로 담배를 당장에 끊어 보세요. 그 모습을 본 가족과 주변 사람들이 칭찬할 것입니다.

"담배 끊는 사람과는 상종도 하지 말라"고 했다고요? 그건 자신이 실천하지 못해서 부러움에서 나오는 말입니다. 또 담배를 끊은 돈으로 적금을 든다면 나중에 집 없는 설움도 안 생기겠죠.

담배를 끊게 되면 건강이 보장됩니다. 잃어버린 건강은 아파트 다섯 채를 줘도 회복이 안 됩니다. 또한 담배를 피우지 않으면 폐암 발생률이 90% 낮아진다는 연구 결과도 있습니다. 그래서 폐암에 걸렸다 하면 거의 대부분 담배를 피웠다는 뜻으로 해석할 수 있습니다. 물론 담배를 피운다고 해서 모두 일찍 죽는 것은 아닙니다. 100살까지도 살 수 있어요.

하지만 특수한 경우를 일반화시켜서는 안 됩니다. 아무래도 흡연자가 폐암에 걸릴 확률이 담배를 피우지 않는 사람들에 비해 높을 수밖에 없습니다.

올해부터 금연 구역이 더 확대되었습니다. 이제는 공공시설뿐만 아니라 음식점 안에서도 담배를 피울 수가 없습니다. 이렇게 담배 하나 제대로 못 피우게 한다고 짜증을 부리기보다는 담배를 끊고 속 시원한 기분을 느껴 보면 어떨까요?

우리나라는 OECD 국가 중에서 양주 소비량이 1위입니다. 이 통계는 그만큼 우리나라 사람들이 술을 마시면서 스트레스를 풀고 즐거움을 찾는다는 뜻일 것입니다. 물론 술은 일시적으로 사람을 기분 좋게 합니다. 하지만 나중에 가면 그 기분 좋음이 머리 아픔으로 바뀝니다.

또한 술을 통한 즐거움은 건강을 해치는 가짜입니다. 등산을 할 때나 축구에서 골을 넣었을 때에 만끽하는 즐거움이 건강에 유익한 진짜입니다.

그리고 술값도 만만치 않습니다. 포장마차에서 시원찮게 먹어도 몇 만 원은 나온다고 들었습니다. 그리고 기분이 좋으면 우리나라 사람들은 1차로 끝내지 않고 2차, 3차로 이어집니다. 그걸 매일 한다고 생각해 보세요. 술 때문에 금전적인 어려움을 겪을 수도 있습니다.

지금까지 마신 술값만 계산해도 빌딩까지는 아니더라도 최소한 집 한 채는 마련하지 않았겠어요? 술값만 가지고도 노후 대책이 해결된다면 이것처럼 좋은 게 어디 있나요?

더 중요한 게 있습니다. 술은 동성끼리만 먹는 게 아니라는 거지요. 이성이 낀 술자리는 위험합니다. 맨 정신에는 괜찮지만 술이 취하면 그 이성을 그냥 보내지 않고 수작을 부리는 사태가 벌어질 때도 있습니다.

청와대 비서관, 검찰 간부 등 정부 고위직에 있는 사람들이 모두

술 때문에 실수해 자리에서 물러났다는 기사를 심심치 않게 볼 수 있습니다. 술에 취해 저지른 작은 실수가 오랫동안 쌓았던 내 이력을 하루아침에 무너뜨릴 수 있다면 술 먹는 것에 대해 한 번 더 생각해 보아야 하지 않을까요? 작은 실수가 엄청난 결과를 가져올 수 있다는 사실을 명심해야 합니다.

30여 년 만에 고등학교 동창회에 참석했습니다. 60에 가까운 나이가 된 친구들은 모두 머리는 벗겨지고, 얼굴에는 주름살이 가득했습니다. 그래도 마음만은 아직 청년인지라, 모인 김에 축구 한 판을 하기로 했습니다.

경기를 시작하기 전에 저는 무척 걱정을 했습니다. 이전에 청년들하고 축구를 한 적이 있었는데, 그때는 청년들이 천천히 뛰는데도 그들을 따라갈 수 없었습니다. 그래서 제 발이 느린 줄 알았습니다.

하지만 반전이 있었습니다. 동창들과 축구 경기를 해 보니, 마치저는 세계적인 축구선수 메시이자 호날두였습니다. 제 몸이 제일 민첩하고 빨랐습니다. 또한 숨소리도 달랐습니다. 술과 담배를 달고 살았던 동창들은 1분을 채 뛰지도 않았는데 가쁜 숨을 몰아쉬면서 주저앉았습니다. 반면에 저는 10분 정도는 뛰어야 숨이 찼습니다. 평생 술 담배를 안 하고 살아왔기 때문입니다.

지금 내 숨소리는 어떻습니까?

오늘부터는 금연하시고, 술 또한 꼭 마시고 싶다면 식후에 한두 잔 정도로 끝냈으면 합니다. 담뱃값과 술값을 아낀 돈으로 빌딩 사서 부자 되세요.

가만히 스스로를
안아 주는 말

음주운전은 자신뿐만 아니라 하루아침에 단란한 한 가족을 해체시킬 만큼 무서운 것입니다. 음주운전 사고의 사망률은 일반 교통사고의 그것보다 무려 7.7배가 높다고 합니다. 음주운전은 그 자체로 무서운 범죄이자 자살행위임을 보여 주는 것입니다.
술 한 잔 때문에 나와 다른 사람의 삶을 끝내기에는 너무 억울하지 않나요?

다른 것과
그른 것

강연 차 영국 교회를 방문한 적이 있습니다. 그 교회 주변에는 신기하게도 공동묘지가 조성되어 있었습니다. 묘지가 공원처럼 산책로로 쓰여 사람들의 발길이 잦았고, 각각의 묘지 위에는 아름다운 꽃과 손으로 쓴 메모가 놓여 있는 것이 인상적이었습니다. 사람들의 발길이 뜸한 외딴곳에 주로 묘지가 있어 명절이나 되어야 한 번씩 찾아가 성묘를 하는 우리나라와는 대조적인 모습이었습니다.

영국 사람들은 '죽으면 평등하다'는 관점을 가지고 있어서 살아생전에는 빈부의 차이가 있었을지라도 죽은 후에는 누구에게나 동일하게 약 1평 정도의 공간에 비석이 세워집니다. 이것 또한 후손들이 가진 부의 정도에 따라 조상들의 묘지 크기가 달라지는 우리나라와는 대조적입니다.

현상이나 사물을 관찰할 때 그 사람이 생각하는 태도나 방향 또는 처지를 관점觀點이라고 합니다. 무언가를 어떻게 바라보느냐를 말하는 겁니다. 어떤 관점으로 세상을 바라보느냐에 따라 삶의 형태가 달라집니다. 앞선 사례처럼 영국인과 한국인들의 죽음에 대한 관점이 다르다 보니, 묘지의 위치나 형태, 그리고 크기가 다를 수밖에 없는 것처럼 말입니다. 돈은 일반적으로 많으면 좋지만 '돈이 최고'라는 관점을 가진 사람은 돈을 모으기 위해 수단과 방법을 안 가리는 무서운 사람이 될 수밖에 없습니다.

사람들의 생각은 완전히 다를 수가 없습니다. 완전히 같을 수도 없습니다. 결국 사물을 어떻게 바라보느냐에 따라 좋은 것이 될 수도 있고, 나쁜 것이 될 수도 있는 것입니다. 그러므로 속임수에 빠지지 않기 위해서는 바르게 보는 눈을 가져야 합니다.

처음에는 사기꾼의 얘기를 들어도 당연히 말도 안 된다고 생각하지만, 어느 순간 홀라당 넘어가서 당하는 사람들이 많습니다. 내가 듣고 싶은 말만 해 주길 바라는 잘못된 관점이 심어졌기 때문입니다.

"그런 사람인 줄 몰랐어요."

결혼생활에 실패하는 사람들이 흔히 하는 말입니다.

"뭐 이렇게 늦게 와? 빨리 오지 못해!"

연애를 할 때 불 같이 화내는 성향은 드러나게 마련입니다. 하지만 콩깍지를 쓴 상태에서는 나를 잘 이끌어 주는 박력 있는 남자로 보입니다. 결혼 후에도 남편이 "이놈의 여편네를 확~" 하면서 아내를 때리려고 했을 때 "당신 정말 멋있어!"라고 한다면 별다른 문제가 없습니다. 계속 콩깍지를 쓴 상태에서는 박력 있는 행동으로 보일 테니까요. 하지만 아내가 "왜 때리려고 해?"라고 반격을 하면 그때서야 문제가 생깁니다. 제대로 된 관점으로 돌아왔기 때문입니다. 그동안 잘못된 관점에 사로잡혀 볼 줄 몰랐던 거지요.

관점에는 다름의 관점도 있지만, 그름의 관점도 있습니다.

다르다는 것은 비교 대상이 되는 둘이 서로 같지 않다는 뜻이고, 그르다는 것은 어떤 일이 사리에 맞지 않다는 뜻입니다.

가끔 다름과 그름을 구분하지 못해서 어려움을 겪을 때가 많습니다.

주말에 텔레비전 리모컨을 가지고 가족끼리 싸움을 했다는 이야기를 종종 듣습니다. 아빠는 프로야구 중계를 보려고 하고, 엄마는 드라마를 보자고 합니다. 이때 엄마가 아빠에게 "만날 프로야구 같은 것만 보려고 하고…… 당신은 그래서 틀려먹었어요"라고 말하면 안 됩니다. 프로야구를 보는 사람이 잘못된 것이 결코 아니기 때문입니다. 단지 엄마 아빠가 서로 원하는 프로그램이 다를 뿐입니다. 그런 의미에서 드라마를 보는 것 또한 잘하는 것이 될 수 없습니다.

그런데 내일 시험을 앞둔 아들이 방에서 나와서는 "저는 개그 프로그램을 볼래요" 하면서 텔레비전 리모컨을 만지작거린다면, 이건 그른 것입니다. 시험을 앞둔 학생이 공부를 해야 하는 시점에 엉뚱한 것을 원하고 있으니까요.

텔레비전을 통해 매일 여당과 야당의 정치인들이 설전을 벌이는 것을 봅니다. 때로는 몸싸움도 불사합니다. 그러면서 서로 자기 당의 주장이 옳다고 주장합니다. 하지만 이는 다름과 그름의 구분하지 못해서 생기는 다툼입니다.

여당과 야당은 출발선이 다르기 때문에 원래부터 서로 다른 당입니다. 그래서 다른 의견이 나올 수밖에 없는 것입니다. 따라서 '국민들을 위한다'는 명목 아래 자기 당의 정책만 옳다고 하면 안 됩니다. 그렇게 되면 결국 국민들이 보기에는 싸움질만 하는 여당과 야당으로 인식될 수밖에 없습니다.

여당과 야당은 서로 다른 당은 되어도, 그른 당이 되어서는 안 됩니다. 그러므로 그름이 아닌, 다름의 의견을 잘 절충하고 협의해 더 좋은 법안을 만드는 것이 진정한 정치입니다.

다름이 그름이 되고, 그름이 다름이 될 때도 있습니다.

학생이 밤에 술집에 나가는 것은 잘못된 행동입니다. 그런데 밤에 술집에 나가는 아가씨가 공부를 하겠다고 낮에 학교를 다니는 것은 잘하는 행동이라고 할 수 있습니다.

왜 그럴까요? 술집에 나가고 공부를 한다는 측면에서 본다면 똑같은 상황이라 할 수 있지만, 전자는 학교에서 술집으로 향하고 후자는 술집에서 학교로 향하기 때문입니다. 방향을 어느 쪽으로 향하도록 하느냐에 따라 다름과 그름이 결정될 수도 있다는 말입니다.

행복한 인생을 살려면 그름과 다름의 관점을 헷갈리지 않고, 때에 따라 잘 구분할 줄 알아야 합니다.

가만히 스스로를 안아 주는 말

10쌍 중 1쌍이 다문화 가정일 정도로 우리나라에도 이제 많은 외국인들이 거주하고 있습니다. 하지만 그들에 대해 편견을 가진 사람이 많이 있습니다. 이제는 다문화 가정의 '다름'을 인정하고 포용해야 하지 않을까요?

너는 너대로
나는 나대로

하루 종일 낚시 관련 프로그램만 방송하는 케이블 방송국이 있을 정도로 우리나라에는 낚시를 좋아하는 사람들이 진짜 많습니다. 그들의 말인즉 물고기가 물고 있는 낚싯대를 낚아챘을 때 손끝으로 전해지는 짜릿한 전율, '손맛'이 그렇게 좋을 수가 없답니다. 그때는 이 세상을 전부 가진 듯한 기분이 들 정도로 정말 행복하답니다.

그런데 그것보다 더 행복해하는 경우가 있답니다. 옆에 있는 낚시꾼이 나보다 더 큰 물고기를 낚아챘는데, 그것을 실수로 밑으로 떨어뜨렸을 때랍니다. 겉으로는 아쉬워하는 척하지만, 속으로는 쾌재를 부른다는 것입니다. 내가 잘되었을 때보다 남이 잘 안되었을 때 좋아하는 아주 못된 마음이지요. 이걸 '시기'라고 합니다.

내 자녀가 대학에 합격했다는 사실보다 옆집 자녀가 떨어졌다는 소식에 더 통쾌한 마음이 들지 않았나요? 마음속에 시기가 있어서 그런 것입니다.

주변 사람들이 나보다 더 잘되었다는 것 때문에 내가 불행하다고 생각한 적은 없었나요? 절대적으로 힘들고 어려운 상황이라서 행복하지 않은 것이 아니라, 상대적인 불행 때문에 마음이 불편하다면 나를 뒤돌아봐야 합니다.

내가 행복하기를 원한다면 남이 잘될 때 함께 기뻐하세요. 다른 사람이 잘 안될 때에는 내 마음에도 같은 괴로움과 아픔이 느껴져야 합니다. 그러면 인생이 훨씬 더 윤택해질 것입니다.

지인 중에 2층짜리 식당을 하는 사람이 있습니다. 홀 안에 좌석 수도 많고, 찾아오는 손님도 많았습니다. 이 사람은 언제나 행복해했습니다.

그런데 어느 날부터인가 끊임없이 불평을 늘어놓았습니다. 평생 라이벌이던 친구가 3층짜리 건물을 사서 식당을 개업했기 때문이었습니다. 그 사실을 알고부터 그 사람의 마음이 불편했던 것입니다. 현재도 엄청난 부자로 살고 식당이 잘됨에도 불구하고 그는 이제 전혀 행복하지 않은 사람이 되었습니다.

그 사람만의 문제일까요? 저와 당신의 얘기는 아닐까요?

무엇이 내 마음속의 기쁨과 행복을 빼앗아 갔나요? 그렇게 즐겁게

나가던 고등학교 동창회를 왜 못 나가나요? 잘나가는 동창이 와서 신나게 분위기를 휘어잡는 게 배 아픈 건 아닌가요? 그걸 기쁨으로 받아들여 보세요. 주변 사람이 잘나가는 것을 진심으로 함께 기뻐할 때 나 또한 잘나가는 사람이 될 수 있습니다.

부자를 욕하는 사람이 부자가 되기는 힘듭니다. 마찬가지로 잘된 사람을 욕하면서 잘되기도 힘듭니다. 부자를 칭찬하고, 잘된 사람을 진정으로 축복할 수 있을 때 내 인생 또한 잘될 수 있습니다.

어느 날 친구가 찾아왔습니다. 그 친구가 대뜸 그러더군요.
"나는 네가 부럽다."
그 이유가 궁금했습니다.
"뭐가 부러운데?"
"네 모든 게 다 부럽다."
이때 제가 어떤 기분을 느꼈는지 아세요?
'이제 내가 누군가에게 부러움의 대상이 됐구나'라는 생각이 들어서 기분이 좋았을까요? 아닙니다. '아직도 나보다 목회를 잘하는 사람이 얼마나 많은데……'라는 생각이 들었습니다.
이런 생각은 비단 저만 하는 게 아닐 것입니다. 대부분의 사람들도 항상 자신보다 잘나가는 사람, 연봉이 많은 사람, 인기가 좋은 사람 등만을 바라보기에 이런 감정은 늘 들 수밖에 없습니다.

잘난 사람은 잘난 대로 살고, 못난 사람은 잘난 사람을 롤 모델로 삼고 그 사람을 따라가려고 해야 합니다. 절대 비교하지 마세요. 내가 아무리 똑똑해도 더 똑똑한 사람이 있고, 아무리 못나도 더 못난 사람이 있게 마련입니다. 위를 올려다보면 열등감이 생기고, 밑을 내려다보면 우월함과 교만에 빠집니다. 너는 너대로 나는 나대로 그냥 비교 없이, 열등감 없이 살 때 행복할 수 있습니다.

어릴 적에 제가 살던 동네에는 자동차를 가진 집이 한 집도 없었습니다. 그래서 지나가는 자동차라도 봤다 하면 일주일 동안 자랑했습니다.

"나 오늘 자동차 봤다!"

지금은 어디서든지 마음껏 자동차를 볼 수 있습니다. 심지어는 내 명의의 차도 있습니다.

그렇지만 그때가 더 행복했다고 말하는 사람들이 많이 있습니다. 나는 국산 중형차를 타는데, 옆집은 수입차를 타기 때문입니다. 나보다 더 좋은 자동차를 타는 사람에게 느끼는 열등감 때문에 오늘날 행복을 잃어버리고 사는 것입니다.

불행하다고 느낍니까? 위에만 보는 거 아닙니까?

우월감을 느낍니까? 밑에만 보는 거 아닙니까?

위에도 볼 필요 없고, 밑에도 볼 필요 없이 너와 나의 차이는 아주 조그맣다는 걸 깨달아야 합니다. 시기와 비교 의식을 버리고, 자신의 주관대로 살면 그게 오히려 더 행복한 삶이 아닐까요?

가만히 스스로를
안아 주는 말

남의 행복이 커진다고 내 행복이 줄어들지는 않습니다. 남이 아닌 나를 기준으로 잡고, 나의 행복을 더 키우기 위해 노력해 보세요. 어느덧 이 세상에서 가장 행복한 사람이 되어 있을 것입니다.

궁즉통

　흔히들 '돈 많은 사람들은 아무런 고민이 없을 것'이라고 생각합니다. 엄청나게 큰 빌딩과 최고급 집과 비싼 자동차를 가진 그들을 부러워합니다. 하지만 오산입니다. 부자들도 돈이 아닌 다른 부분에서 나름대로 고민하고 힘들어합니다. 다른 사람들의 삶에 대해 상담해 주는 목사, 신부, 스님 같은 성직자들도 고민과 갈등 속에 잠을 못 이룰 때가 많습니다.

　세상에 태어나서 아무런 아픔 없이, 고통 없이 살아가는 사람은 아무도 없습니다. 오죽하면 세상을 고해苦海, 쓴 바다라고 했을까요? 하지만 이런 아픔과 고통을 통해 뭔가를 만들어 나가는 것이 인간입니다. 중국의 대학자, '공자孔子'가 이러한 예에 적절한 사람일 것입니다.

202

공자는 태어나는 것 자체가 굉장히 힘든 과정을 거쳤습니다. 일흔이 넘은 아버지 숙량흘은 16살에 불과한 안징재와 야합하여 공자를 낳았습니다. 여기서 야합野合이란 정상적인 혼인 관계가 아니었다는 뜻입니다.

이런 환경에서 태어난 공자의 삶은 평탄하지 않았습니다. 아버지는 3살 때 돌아가시고, 어머니마저 공자 나이 17살 때 세상을 떠났습니다. 부모 없는 공자의 삶이 얼마나 힘들고 어려웠을지 상상이 되지 않나요? 가난한 공자는 창고지기도 하고 축사지기도 하였습니다. 하지만 그 가운데에서도 그는 학문 익히는 것을 게을리하지 않았습니다. 이 모든 역경을 견딘 후에 공자의 학문이 완성된 것입니다.

이런 삶을 살아온 공자의 가르침 중에 궁즉통窮則通이 있습니다. 정말로 힘들고 어려울 때, 그 가운데 뭔가 통하는 것을 만들어 낼 수 있다는 뜻입니다.

공자는 "아버지는 왜 이렇게 늦은 나이에 저를 낳으셨나요?"라고 불평하지 않았습니다. 비록 악조건 속에서 태어났지만 궁핍한 생활을 딛고 학문에 정진했기에 오히려 훌륭한 업적을 이룰 수 있었던 것입니다.

사람은 물론 환경의 영향을 받습니다. 그래서 일반적으로 좋은 환경 속에서 자란 사람이 좋게 되는 경우가 많고, 환경이 좋지 못하면 잘될 확률이 적습니다. 하지만 좋은 환경이든 좋지 않은 환경이든,

그건 내가 손 쓸 수 있는 게 아닙니다. 이미 주어진 환경을 탓하기보 다는 그 환경 속에서 어떻게 할 것인가 하는 생각을 하는 것이 중요 합니다.

제 아버지는 방앗간을 하셨습니다. 그래서 남들에 비해 형편이 나 은 편이었습니다. 결혼할 때 도움을 받으려면 받을 수도 있었습니다. 하지만 저는 결혼하면 부모로부터 경제적으로 독립해야 한다는 생 각이 강했습니다.

그래서 당시 여자 친구였던 지금의 아내에게 신신당부를 했습니다.

"우리 집에다 돈 달라는 얘기는 일절 하지 마소."

그러자 아내도 대꾸했습니다.

"그럼 결혼하면 나한테 일하라고 하지 마세요. 당신이 벌어다 주는 돈으로 생활할 거예요. 돈을 많이 벌어 오든 적게 벌어 오든 상관은 안 할게요."

이 말에 저도 동의를 했습니다.

그리고 결혼식을 올린 후, 아내는 직장생활을 하지 않고 집에서 살 림만 하였습니다.

당시 제가 교회에서 받은 사례비가 6만 원이었습니다. 그 돈으로 월세 3만 원과 십일조 1만 원을 냈습니다. 그럼 남은 2만 원으로 한 달을 살았습니다. 이건 사는 게 아니라 간신히 입에 풀칠하며 연명

해 가는 수준이었습니다.

그런데 신기한 건 이 돈으로도 살아지더라고요. 그리고 이게 전혀 고생인 줄 몰랐습니다. 지금 와서 돌이켜보면 하루하루를 즐겁게 살 았기에 이것이 가능했던 것 같습니다. 그리고 그 재정적으로 어려운 과정 속에서 많은 추억이 생겼습니다.

봄이 되면 겨울을 지나온 김치에서 군내가 납니다. 곰팡이가 하얗 게 슬기도 하고요. 그럼 사람들은 그 김치를 보통 내다 버립니다. 그 런데 아내는 그 김치를 낮에 봐 두었다가 저녁에 주워 왔습니다. 그 걸 깨끗하게 씻어 다시 양념해서 먹곤 했습니다. 그 습관이 배더라 고요. 웬만큼 형편이 나아진 지금도 아내는 물건을 함부로 버리지 않습니다.

한번은 이런 일이 있었습니다.

아내가 주인집이 김장하는 걸 도와줬습니다. 배추는 겉 부분을 벗 기면 보통 버리잖아요. 아내는 주인집에서 버린 배추로 겉절이를 무 칠 생각을 했습니다. 다듬은 건 주인집에 주고 버린 배추를 싸 오려 는데, 집주인이 한마디 하더랍니다.

"뭐하려고? 그거 돼지 주려고?"

주인은 그 말을 전혀 기억하지 못하겠지요. 그렇지만 그 말이 아내 의 가슴에 박혔습니다. 하지만 그 당시 아내는 그런 일이 있었다는 이야기를 제게 하지 않았습니다. 만약 그 이야기를 했으면 생활고를 못 견디고 다른 일을 찾았을지도 모를 일입니다. "돈 벌러 나가자"라고요.

아내는 당시에는 아무 말하지 않다가 먹고살 만해지니까 그때 그 이야기를 제게 털어놓았습니다.

지금 좋지 않은 환경 속에 있습니까? 그럼 그 환경에 순응하며 살겠어요, 아니면 그 환경을 뛰어넘어 새로운 환경을 만들어 나가겠어요?

좋은 환경에서 태어난 사람을 부러워하지만 말고, 좋지 않은 환경이라도 그걸 딛고 일어나 제대로 성장하는 것, 그것이 바로 궁즉통입니다.

좋은 환경에서 태어나 별다른 어려움 없이 좋은 일만 누리다가 좋게 인생을 마무리한 사람은 많지 않습니다. 설령 그런 인생이 있다한들, 그게 무슨 가치가 있고 자랑거리가 되겠습니까? 어려운 환경에서 뭔가 해내는 사람이야말로 더 아름다운 인생을 사는 게 아닐까요?

악조건 속에 뭔가 해내는 인생, 바로 궁함 속에서 뭔가를 만들어내는 인생을 살았으면 합니다. 그 아픔을 승화시킬 수 있는 의지와 노력만 있다면 당신의 인생은 참된 성공을 거둘 것입니다.

가만히 스스로를
안아 주는 말

거대한 공룡들은 모두 멸종되었습니다. 하지만 바퀴벌레는 지금
도 전 세계에 퍼져 살고 있습니다. 강한 것도 중요하지만 더 중요
한 것이 있습니다. 환경에 적응하고, 넘어서는 것입니다.

화를 없애는
가장 좋은 방법

재미있는 이야기 한번 들어 보실래요?

딸이 아기를 낳은 후 집에서 산후조리를 하고 있었습니다. 친정엄마는 아기도 볼 겸 해서 딸네 집을 방문했습니다. 잠시 후 회사에서 퇴근한 사위가 누워 있는 아내를 대신해 싱크대 안에 있던 그릇을 설거지했습니다. 그 모습을 본 장모는 흐뭇한 마음에 딸에게 말했습니다.

"네가 정말 시집을 잘 갔구나!"

이번에는 며느리가 아기를 낳았습니다. 시어머니는 아들네 집으로 찾아갔습니다. 몇 번의 초인종을 누르고서야 며느리는 부스스한 얼굴로 나왔습니다. 인사를 꾸벅 하고는 몸이 힘들다며 이내 자기 방으로 들어갔습니다. 시어머니는 속으로 '나를 무시하나?'라는 생각이 들었지만 손자를 보며 참기로 했습니다. 그런데 아들이 보이지 않아 찾아보니, 아들은 부엌에서 며느리가 먹고 난 그릇을 설거지하는 중이었습니다. 그걸 본 시어머니는 짜증이 나서, 아들한테 소리쳤습니다.

"내가 너 이렇게 살라고 결혼시킨 줄 알아, 이 칠칠히 못한 놈아!"

한 어머니의 딸과 아들 이야기입니다. 잘했다고 칭찬하는 경우도 있고, 잘못했다고 비난하는 경우도 있습니다. 똑같은 상황일지라도 자신의 입장이 달라지는 것입니다. 이건 결코 옳고 그름의 차이가 아닙니다. 단지 입장 차이가 있을 뿐입니다.

한 병원에서 월급을 받으며 일하는 의사가 있습니다. 성형외과 의사라 하루에 많을 때는 수술이 5건씩 잡혀 있었습니다. 세밀함을 요구하는 수술인지라 의사는 늘 긴장을 해야 했습니다. 수술을 마치고 나면 5년은 폭삭 늙는 것 같았습니다. 아무리 생각해도 하는 일에 비해 월급이 쥐꼬리만 하다고 느껴졌습니다. 그래서 결국 월급쟁이 의사는 직접 병원을 차리기로 마음먹었습니다.

개원 후 그는 자신이 모든 일을 다 할 수 없기에 월급쟁이 의사를 1명 채용했습니다. 그런데 한 달이 지나 월급날이 돼서 그 의사에게 급여를 주려고 하니 너무 많이 주는 건 아닐까 하는 생각이 들었습니다.

월급쟁이 의사로 일할 때의 입장에서는 일의 강도에 비해 월급이 적어 억울하다고 느꼈지만, 일을 시키는 병원장 입장이 되어 보니 월급이 얼마나 아깝게 느껴지는지 모릅니다.

우리는 대부분 이런 마음으로 살아갑니다. 내 입장에서만 억울하고 힘들다고 느끼지, 상대방의 입장에서는 얼마나 억울할지 모른 채 살아간다는 말입니다.

세상에는 이처럼 다양한 입장 차이가 존재합니다.

강의를 하기 위해 전국을 돌아다니다 보니 고속도로 휴게소에 있는 공중화장실을 이용할 때가 많습니다. 그날도 볼일이 급해 급히 공중화장실을 찾아야 했습니다. 그런데 모든 화장실이 다 차 있었습니다.

문 앞에 서서 기다리기 시작했습니다. 5분이 지났습니다. 몸에서 자꾸 신호가 와서 많이 힘들더군요. 결국 제 앞에 있는 화장실 문을 두드렸습니다. 그러니까 화장실 안에서 거칠게 노크 소리가 났습니다. 짜증이 난 저는 생각했습니다.

'아니, 화장실을 자기가 전세 낸 거야?'

드디어 10분 만에 안에 있던 사람이 나왔습니다. 저는 그 사람을 한번 쩨려보고는 재빨리 화장실에 들어갔습니다.

하지만 1분 뒤에 화장실 밖에서 노크 소리가 들려왔습니다. 저 또

한 살짝 노크를 했습니다. 3분이 지나자 다시 노크 소리가 났습니다. 짜증이 난 저는 속으로 이런 생각을 했습니다.

'거 참, 되게 두드리네. 어련히 일 다 보면 안 나가려고?'

제대로 된 인생을 살려면 입장을 바꿔서 생각해 보는 자세가 필요합니다. 이것이 역지사지易地思之입니다. 그러면 상대방의 입장이 이해가 잘 됩니다.

제 인생에서 후회하는 것이 있다면, 역지사지를 잘 하지 못해서 다른 사람에게 화를 많이 냈다는 것입니다. 화를 내는 것이 계속 쌓이다 보면 얼굴에 나올 수밖에 없습니다.

사람은 다양한 표정을 지니고 있습니다. 이를 가리켜 '희로애락'이라고 합니다. 같은 사람이 화난 표정을 지을 때와 기쁜 표정을 지을 때, 슬픈 표정을 지을 때, 그리고 즐거운 표정을 지을 때 각각 얼굴에는 다르게 표현됩니다.

이 4가지 감정을 나타내는 표정 중에서 어떤 표정을 지을 때 가장 행복해 보일까요? 그건 당연히 웃는 얼굴입니다. 화가 난 사람의 얼굴을, 눈동자를 한번 보세요. 살기가 돋쳐 있습니다. 화를 낸 것은 상대방을 직접 죽인 것은 아니지만, 죽인 것과 마찬가지 결과를 가져옵니다. 그런데 화가 가라앉고 나면 후회와 자책감이 듭니다.

인일시지분 면백일지우忍一時之忿 免百日之憂

한때 분을 참으면 백일의 근심을 면한다는 뜻입니다. 화를 내는 사람은 자기 주관과 아집만 있습니다. 역지사지를 모른다는 것입니다.

화를 내면 병이 생깁니다. 이른바 '화병'입니다. 우리나라 사람에게만 존재하는 병명입니다. 다른 많은 병들 또한 화 때문에 생기는 경우가 많을 것입니다.

미국의 대통령이었던 링컨은 머리끝까지 화가 날 때마다 편지를 쓰라고 조언했습니다. 일단 자신의 현재 감정을 가감 없이 적어 내려갑니다. 그 편지를 보면 상대방은 죽어도 마땅한 존재입니다. 다 쓴 편지는 불에 태워 버립니다. 그리고 다시 새롭게 편지를 씁니다. 그러면 첫 번째 편지보다 표현이 많이 누그러져서 화를 내는 감정이 사그라진다고 합니다.

제 아내도 종종 이 방법을 씁니다. 그 자리에서 말로 했으면 서로 다투었을 것인데 편지글을 읽다 보면 저도 모르게 반성하게 됩니다. 화가 났을 때 면전에서 말로 표현하지 말고 조금 지나서 글로 써 보세요. 참 좋은 방법인 것 같습니다.

가만히 스스로를
안아 주는 말

———

듣는 것은 빨리 하면 좋지만, 말하는 것과 화내는 것은 더디게 해
야 합니다. 또한 화를 없애는 가장 좋은 방법은 상대방이 잘하고
못하고를 판단하는 게 아니라, 그의 입장을 이해하는 것입니다.

감동을 주는
노년의 삶

제가 사는 아파트 입구에서는 가끔 장이 열리곤 합니다. 순대, 치킨 등의 주전부리뿐만 아니라 다양한 찬거리 등을 싸게 팔기 때문에 한번 장이 서면 아파트 전체가 떠들썩합니다.

장이 열리는 날이면 항상 한쪽에서 나물을 펼쳐 놓고 파는 할머니가 있습니다. 종류도 몇 가지 안 되고, 양도 그다지 많지 않습니다. 전부 팔아 봐야 3~4만 원어치 될 것입니다. 그래서 집으로 들어오기 전에 할머니께서 장사를 하고 계시면 돌아가신 어머니 생각도 나고 해서 웬만하면 그 나물들을 전부 다 사 가지고 오는 편입니다.

고물상에 폐지 등을 팔아 어렵게 생계를 이어 가고 있는 어르신들도 있습니다. 하루 종일 리어카를 끌고 다니면서 폐지를 모아 고물상에 가져다주더라도 1~2만 원에 지나지 않습니다.

나물을 팔거나 폐지를 줍는 어르신들을 볼 때마다 '저 연세에도 일을 하시니 대단하시다'는 생각이 듭니다. 다른 사람으로부터 도움을 받는 것이 당연할 수도 있는 상황에서 스스로 일을 해서 적은 돈이나마 용돈이라도 벌고 계시니 말이에요.

반면에 공원에서 하루 종일 비둘기가 모이를 쪼아 먹는 모습을 지켜보는 할아버지들을 보면 그렇게 안타까울 수가 없습니다. 할 일이 없다는 이유를 대며 세월을 흘려보내고 계시니까요.

현재 우리나라의 평균수명은 80살가량입니다. 60살 전후로 사회생활을 은퇴한다고 가정했을 때 20년은 더 살아야 합니다. 은퇴 이후의 삶을 남의 도움만 받고 살고 싶나요, 아니면 스스로의 힘으로 살고 싶나요? 선택은 자신에게 달려 있습니다.

이 시기에 다른 사람으로부터 도움만 받고 살지 않으려면 노후 준비를 잘해 놓아야 합니다. 노후 준비는 간단합니다.

일단 담배를 끊으면 됩니다. 담뱃값을 아끼면 집 한 채가 생깁니다. 그리고 술을 줄이면 됩니다. 술값만 절약하더라도 조그만 상가 하나는 살 수 있습니다. 마지막으로 운동을 꾸준히 해야 합니다. 가장 쉽고 간단하면서 좋은 것이 스트레칭입니다.

담배를 끊지 못해서 폐에 문제가 생기고, 술을 못 줄여서 간에 문제가 생기고, 운동을 전혀 하지 않아서 몸에 이상에 온다면 오래 사는 것이 무슨 복이겠어요? 장수가 복이 되어야 합니다.

9급 공무원으로 공직을 시작했다고 하더라도 대부분 더 높은 직급으로 퇴직을 하게 됩니다. 절정기에 나오는 것이지요. 그렇지만 퇴직을 한 후에는 다시 9급에서 시작한다는 마음으로 살아야 합니다.

"내가 1급 출신 공무원이었는데, 창피하게 어떻게 그런 일을 해요?"

간혹 이런 말씀을 하시는 분들을 만나면 안타까운 마음이 듭니다. 현직에 있을 때가 1급 공무원이었지, 지금은 1급이 아니잖아요.

미국 사람들은 이런 사고방식에 익숙합니다.

그들은 중고등학교의 교장으로 퇴직을 했다 하더라도, 자신이 재직했던 학교에서 관리실 직원을 뽑는다고 하면 기쁜 마음으로 그 자리를 지원합니다. 반면에 우리나라 사람들은 이렇게 말합니다.

"내가 그 학교 교장이었는데, 수위하게 생겼냐? 차라리 놀고 말지!"

교장은 교장의 일을 하면 되고, 수위는 수위의 할 일을 하면 됩니다. 교장선생님이었던 사람이 수위를 하지 말라는 법은 없습니다.

저는 1종 대형 운전면허를 가지고 있습니다. 은퇴하면 교회 차를 몰면서 신도들을 데리고 다닐 생각에 미리 따 둔 것입니다. "그래도 목사까지 했던 사람이 그런 일을 해야 하나?"라고 반문하는 사람들이 있습니다. 나이가 들었다는 것은 더 이상 주변의 눈치를 보지 않아도 된다는 것을 뜻하기도 합니다. 자신도 모르게 몸에 배어 버린 '체면'을 버리는 사람이 멋진 사람입니다.

평생 링거액만 맞으면서 살 수 있는 사람은 없습니다. 스스로 음식물을 먹고, 소화시켜 그것이 내 몸 안에서 영양분으로 자리 잡아야 건강해질 수 있습니다. 마찬가지로 외부로부터 도움을 받기 시작하면 그것에 의지하려는 사람이 있습니다. 그 의지가 한 번으로 끝나는 것이 아니라, 이후에는 그렇게 살게 됩니다. 건강한 삶일 수가 없습니다.

칠흑 같은 어두움 속에서 두 명의 병사가 보초를 서면서 잡담을 나누고 있었습니다.

"내가 제대하면 말이야, 돈을 왕창 벌어서 강남에 있는 빌딩들을 모조리 사 버릴 거야!"

그 얘기를 듣고 상대방은 어떻게 반응해야 할까요?

"절반은 김 병장님께서 사시고, 나머지는 제가 사겠습니다."

이래야 합니다. 그런데 그 병사 왈.

"강남 빌딩들 다 사게 되면 저 하나만 주세요."

김 병장이 지금 빌딩을 샀나요? 둘 다 똑같이 아무것도 아직 사지 못했는데, 한 명은 전부 사 버리겠다고 하고 다른 한 명은 공짜로 달라고 합니까?

이걸 '거지 근성'이라고 합니다. 왜 스스로 벌 생각은 안 하고 공짜로 달라고 할 생각만 하나요? 달라고 부탁하는 시간에 스스로 벌어서 사면 안 되나요? 내가 노력하면 될 것을 왜 아쉬운 소리를 하면서 사나요?

　나이가 들었을 때 거지 근성을 조심해야 합니다. 근성이 바뀌어야 노년이 행복해집니다. 그래서 노년에 제2의 일을 하는 것을 당연히 받아들여야 합니다. 새로운 일을 기쁨으로 받아들일 때, 이전보다 더 행복한 삶이 펼쳐질 것입니다. 이를 통해 도움만 받는 노년이 아니라, 스스로의 힘으로 살고 더 나아가 도움을 주는 멋진 노년을 살 것입니다.

　내 앞에 있는 길은 앞선 선배들이 살아간 길이고, 내 뒤를 좇아오고 있는 후배들이 살아갈 길입니다. 이 길을 잘 가려면 행복한 사람의 발자취를 따라가야 합니다. 그 발자취를 따라가다 보면 그 삶을 살게 되고, 내가 그 삶을 살면 후손들 중 누군가가 내 삶을 따라갈 것입니다.

가만히 스스로를
안아 주는 말

미국의 대통령이었던 조지 부시는 퇴임 후 머리를 삭발해서 화제에 오른 적이 있습니다. 백혈병을 앓고 있는 2살 된 아이의 아픔에 동참한다는 의미로 그렇게 한 것이었습니다. 부시는 전임 대통령이라는 권위를 과감히 벗어 버렸습니다. 감동을 주는 노년의 삶은 아름답습니다.

계속해서
두드리면

지인 중에 자동차 판매왕이 있습니다. 그가 자동차를 판매하는 방법은 정말 단순합니다. 일단 자동차가 필요할 것 같은 사람을 찾아갑니다.

"고객님, 자동차 필요하시죠?"

이 말에 대다수의 사람은 이렇게 대꾸한다고 합니다.

"아니오, 필요 없어요."

초보 세일즈맨이라면 이 상황에 대해 굉장히 무안해하면서 그냥 돌아섭니다. 하지만 판매왕은 다음 날이 되면 또다시 고객을 찾아갑니다.

"고객님, 자동차 필요하시죠?"

"어제 오셨던 분이네. 자동차 필요 없어요."

"아, 그렇습니까? 그럼 내일 다시 오겠습니다."

판매왕은 인사를 하고 나옵니다. 그러고는 다음 날 고객을 또다시 찾아갑니다.

"고객님, 자동차 필요하시죠?"

"안 필요하다고요. 다신 오지 마세요!"

고객이 짜증을 냅니다. 어느 정도 경력이 있는 세일즈맨이라도 4~5번 하다가 그만둡니다. 하지만 판매왕은 포기하지 않습니다. 스무 번 이상을 찾아갑니다. 이쯤 되면 고객은 거의 노이로제에 걸릴 지경이 됩니다. 그러다가 스물일곱 번째 방문을 하게 되면 고객은 두 손을 들고 맙니다.

"알았어요. 자동차 살게요."

이런 식으로 판매왕은 끝까지 밀고 나간답니다. 그리고 한 가지 더 덤으로 얻을 수 있는 게 있습니다. 고객의 동료를 쉽게 공략할 수 있다는 것입니다. 동료는 그동안의 과정을 옆에서 다 지켜보았기 때문에 바로 계약서에 사인하는 경우가 많답니다.

또 제 친구 중에는 정수기를 판매하는 세일즈왕도 있습니다. 그 친구는 15명을 거치고 나면 정수기 1대가 판매된다는 사실을 알았습니다.

이 사실을 안 친구는 자신감이 충만해졌습니다. 일단 근처에 있는 아무 집이나 방문합니다. 초인종을 누르면 사람이 나오는 대신 인터

폰을 통해 말소리만 들립니다.

"누구세요?"

"사모님, 여기 좋은 정수기가 하나 있습니다."

바로 매몰찬 목소리가 들려옵니다.

"안 사요."

이 소리를 들은 사람은 보통 어떻게 반응할까요?

"내가 조만간 이 짓을 때려치워야지. 목구멍이 포도청이라 참는다."

하지만 제 친구는 활짝 웃습니다. 그걸 보고 있던 제가 궁금해서 물었습니다.

"물건도 못 팔았는데, 왜 웃어?"

"이제 열네 사람 남았으니까."

똑같은 상황에서 어떤 사람은 이 일을 그만두어야 할까 고민하고 있을 때, 제 친구는 이제 14명만 지나면 물건 하나를 팔 수 있다고 생각하며 웃고 있습니다. 결코 포기하지 않습니다.

흔히 좋은 학력을 가진 사람, 똑똑한 사람이 성공할 것이라고 생각합니다. 하지만 그것보다 더 중요한 건 이 일을 하기 위해 태어난 사람인 것처럼 포기하지 않고 최선을 다하느냐에 달려 있습니다. 공부는 머리로 하는 게 아니라 엉덩이로 하는 것처럼, 그 일에 끈기를 가지고 즐기면서 한다는 것이 핵심입니다.

226

"넌 이 일이 체질이다."

"당신은 그 일을 하기 위해 태어난 사람이야."

이런 인정을 받고 있습니까? 그런 칭찬을 받는다면 지금 하고 있는 분야는 물론 다른 분야의 일을 하더라도 틀림없이 성공할 것입니다. 지금 어떤 일을 하고 있는지는 상관없습니다. 이 일로 성공하겠다는 의지가 있고, 인정을 받고 있느냐가 중요한 것입니다.

모든 일이 매번 힘든 것은 아닙니다. 어떤 일은 힘들고, 어떤 일은 수월합니다. 그런데 아무런 수고 없이 그냥 수월해지는 것이 아니라, 힘든 과정을 포기하지 않고 넘어갈 때 비로소 찾아오는 것입니다.

사람들의 마음속에 공통적으로 원하는 것이 있다면 그건 바로 성공입니다. 그런데 많은 사람들이 성공하지 못합니다. 왜 그럴까요? 여러 가지가 있겠지만, 원함이 약했기 때문입니다. 원함이 강하면 성공하고, 원함이 부족하면 실패하는 것입니다. 원함이 강하면 그에 따른 강한 행동이 나오게 마련이기 때문입니다.

"하다가 포기하려면 아예 하지를 말고, 했으면 될 때까지 해라."

사람들마다 문을 두드려야 하는 기준이 다릅니다. 어떤 사람은 10번 두드리면 문이 열리는 경우가 있고, 또 어떤 사람들은 100번을 두드려야 문이 열리는 경우도 있습니다. 그건 모든 사람들이 소질과 재능이 다르기 때문입니다.

그런데 수없이 문을 두드리다 보면 아직도 더 두드려야 하는지, 아니면 여기서 그만두어야 하는지를 정확하게 판단할 수 있는 안목이 생깁니다. 그 시점이 올 때까지 계속해서 두드려야 합니다.

성공할 수 있었음에도 불구하고 중간에 포기해서 실패한 적은 없었나요? 공부든, 운동이든, 사업이든 중간에 포기할 거라면 아예 시작하지를 마세요. 일단 시작했으면 될 때까지 해 보세요. 조금만 더 문을 두드리면 누군가가 와서 그 문을 열어 줄 것입니다.

가만히 스스로를
안아 주는 말

영국의 총리였던 윈스턴 처질이 옥스퍼드 대학교에서 졸업식 축사를 하게 되었습니다. 그는 단 12개의 단어를 얘기하고는 축사를 끝냈습니다.
"Never give up, Never give up. Never! Never! Never! Never give up!(절대로 포기하지 마라! 절대로! 절대로!)"

행복한
왕자와 거지

제가 아는 교수님 한 분이 있습니다. 그분은 '상담' 분야에서 우리나라 최고의 권위자 중에 한 사람입니다. 그래서 그분에게 상담을 받았던 사람들을 모두 문제가 해결되었습니다.

그런데 재미(?)있는 건 그렇게 상담을 잘하시는 분이 아내와 오랫동안 갈등 상태에 있었다는 사실입니다. 교수님에게 그 속사정을 들어 볼 기회가 있었습니다.

교수님께서는 철저하게 아버지 위주의 가정에서 성장하였다고 합니다. 어머니의 전적인 희생 하에 아버지를 떠받들었습니다. 보약이란 보약은 모두 아버지가 드신 것은 당연지사였고요.

반면에 아내는 어머니께 지극정성을 다하는 아버지 밑에서 자랐다고 합니다. 집안의 모든 일은 아버지가 담당했습니다. 그 집에는 남자는 없고, 오직 여자만 있었을 뿐입니다.

교수님의 가정이 아버지가 왕이고 어머니가 가정부였다면, 아내의 가정은 어머니는 왕비고 아버지는 머슴이었던 것이지요.

이런 가정환경 속에서 자란 두 사람이 만나 결혼을 했습니다. 두 분은 참 좋은 사람들입니다. 그런데 서로 안 맞는 거예요.

남편이 말합니다.

"이제 추운 겨울에 들어서는데, 나를 위해 왜 보약을 안 해 주지?"

이에 아내가 대꾸합니다.

"무슨 소리예요? 왜 당신만 보약을 먹어야 해요? 그리고 어제 비가 내리는 걸 알면서도, 왜 우산을 갖고 마중 나오지 않았어요?"

"하 참! 비가 올 것 같으면 당신이 챙겨서 나가야지, 왜 바쁜 나를 보고 우산을 가지고 나오라는 거야?"

이런 문제로 두 사람은 오랫동안 힘들고 어려운 시기를 보냈다고 합니다.

왜 이런 현상이 벌어졌을까요?

제가 어렸을 때만 하더라도 집집마다 보통 5~10명 정도의 형제자매가 있었습니다다. 저희집 또한 6남매였습니다.

형제가 많다 보니 먹을 것이 있으면 서로 먹겠다고, 좋은 옷이 있으면 서로 입겠다고 하면서 싸움이 그칠 날이 없었습니다.

당시에는 형제가 많은 것이 무척이나 속상했습니다. 동생들만 없었으면 내가 더 잘 먹고, 더 좋은 옷을 입었을 것이라는 생각이 들었던 것도 사실입니다.

그런데 어린 시절부터 많은 형제들 사이에서 뒤엉키며 지내다 보니 이것이 서로간의 우애를 만들었던 것 같습니다. 또한 힘든 사회생활을 해 나가는 데에도 예방주사 역할을 했다는 생각이 듭니다.

그런데 요즈음 대부분 가정에서는 자녀를 하나 또는 두 명 정도만 낳습니다. 그래서 아들은 왕자고, 딸은 공주입니다. 모두 지극정성으로 잘 키웁니다. 이건 문제가 아닙니다.

문제는 왕자와 공주로 크다 보니 모든 것이 자기 위주라는 것입니다. 상대방을 위한 배려는 전혀 찾아볼 수 없습니다.

이것이 나중에 사회생활을 할 때에도 드러날 수밖에 없습니다. 왕자와 공주 들만이 모인 조직은 서로 협력하지 못해, 금방 허물어집니다. 또한 서로 배려하고 화합해야 하는 결혼생활도 잘 유지될 수 없습니다. 남편과 아내에게 나를 왜 왕자와 공주로 대접해 주지 않느냐고 항변하며, 서로 갈등 속에 살아갈 것입니다. 그러다가 결국 '혼자가 편하다'는 미명 하에 이혼을 쉽게 선택할 수도 있습니다.

그래서 어려서부터 아이에게 왕자와 공주가 아닌 머슴과 시녀의 입장에서 상대방을 먼저 위하고, 받들도록 가르치는 것이 꼭 필요합니다. 남에게 대접을 받을 줄도 알아야 하지만, 때로는 상대방을 위해 희생하는 법도 가르쳐야 하는 것입니다.

그러면 상대방을 위한 세심한 배려와 관심이 결국 자신이 행복해지는 길임을 깨닫게 될 것입니다.

나를 위한 행복한 인생은 상대방을 먼저 챙기는 데에서 시작합니다.

가만히 스스로를
안아 주는 말

동화 「왕자와 거지」를 읽어 보셨나요? 각각 왕자와 거지로 태어난 소년들이 옷을 바꿔 입고는 이전과는 다른 생활을 해 보지만, 결국 뒤바뀐 역할의 어려움을 이해하고 다시 원래의 위치로 돌아간다는 내용입니다. 「왕자와 거지」처럼 한번쯤 남편과 아내 또는 형과 동생의 역할을 바꿔 보는 건 어떨까요? 그러면 지금의 위치가 얼마나 소중한지 알게 될 것입니다.

인생이란, 가만히 스스로를 안아 주는 것

초판 1쇄 발행 2015년 10월 15일
초판 2쇄 발행 2015년 10월 19일
초판 3쇄 발행 2015년 10월 22일
초판 4쇄 발행 2015년 10월 26일
초판 5쇄 발행 2015년 10월 30일
초판 6쇄 발행 2015년 11월 5일
초판 7쇄 발행 2015년 11월 10일
초판 8쇄 발행 2015년 11월 13일
초판 9쇄 발행 2015년 11월 17일

지은이 장경동
그린이 홍전실

펴낸이 김연홍
펴낸곳 아라크네

출판등록 1999년 10월 12일 제2-2945호
주소 서울시 마포구 방울내로7길 45(망원동)
전화 02-334-3887   팩스 02-334-2068

ISBN 979-11-5774-178-6 03810